张中行

张中行 著

临渊而不羡鱼

浙江文艺出版社
Zhejiang Literature & Art Publishing House

图书在版编目(CIP)数据

张中行：临渊而不羡鱼 / 张中行著 . —杭州：浙
江文艺出版社，2024.5
ISBN 978-7-5339-7511-1

Ⅰ.①张… Ⅱ.①张… Ⅲ.①散文集—中国—现
代 Ⅳ.①I266

中国国家版本馆CIP数据核字（2024）第048204号

统　　筹　王晓乐　　　　封面设计　广　岛
责任编辑　汤明明　　　　封面插画　Stano
责任校对　许红梅　　　　营销编辑　张恩惠
责任印制　吴春娟　　　　数字编辑　姜梦冉　诸婧琦

张中行：临渊而不羡鱼

张中行　著

出版发行　浙江文艺出版社
地　　址　杭州市环城北路177号
邮　　编　310006
电　　话　0571-85176953（总编办）
　　　　　0571-85152727（市场部）
制　　版　杭州天一图文制作有限公司
印　　刷　浙江新华印刷技术有限公司
开　　本　880毫米×1230毫米　1/32
字　　数　129千字
印　　张　7.375
插　　页　2
版　　次　2024年5月第1版
印　　次　2024年5月第1次印刷
书　　号　ISBN 978-7-5339-7511-1
定　　价　39.80元

出版说明

　　自五四新文化运动以来，中国文学面目一新。在中西方文化的碰撞与融合中，小说、诗歌、戏剧等文学形式完成蜕变与新生，而散文以其自由自在的天性，踵事增华，其成果蔚为大观。

　　郁达夫认为，较之古代的"文"，现代中国散文有三点特异之处，即"'个人'的发见""内容范围的扩大""人性，社会性，与大自然的调和"（《中国新文学大系·散文二集·导言》）。散文家们兼收并蓄，将万事万物融于一心，"以我手写我口"，取径不同，或叙事、抒情、议论，或写人、描景、状物；风格各异，或蕴藉、洗练、飞扬，或磅礴、绮丽、缜密。就应用而言，以学识、阅历、心境为核心的小品文，以小见大，言近旨远，张扬个人性情；以观察、讽刺、同情为底色的杂文，见微知著，刚柔相济，召唤战斗精神……种种流派，非止一端。

　　为了给当代读者提供一套选目得当、编校精良的散文选本，我们推出"名家散文"系列，从灿若星辰的中国现代散文家中遴选出一批作者，精选其散文创作中的经典作品，结集成册，以飨读者，或可视作对百年现代中国散文的一次阶段性回顾与总结。我们相信，尽管这些作品产生的背景千差万别，但其呈现的智识与感性、追求与希冀，是跨越时空而能与读者共鸣的。我们也相信，经典之所以为经典，因其经得起时间的汰洗，这里的文章，初读，是迎面撞上万千世界，吉光片羽，亦足珍惜；再读，则是与无数智者的重逢，向内发现自己，向外发现众生。

文学的历史同时也是一部语言文字的历史，而汉语的标准化也随着时间的推移不断地演变、更新。五四白话文运动以来，文学语言流动而多变，呈现出丰富和复杂的样貌。文字、词汇、语法的繁芜丛杂背后，是思想文化的多元与活跃，也是作家不同审美取向和个人风格的展现。因此，我们在编辑过程中尽量尊重文章原刊或初版时的面貌，使读者能够感受到语言的时代特色，比如"的""地""底"共存的现象。同时，考虑到读者尤其是学生的阅读需求，我们按当下的规范做了有限度的修订。

编辑出版工作中难免存在不足之处，热忱欢迎广大读者批评指正。

浙江文艺出版社

目　录

我与读书

003　我与读书

023　自欺而不欺人

028　临渊而不羡鱼

036　关于信佛

042　知惭愧

050　梦的杂想

旧迹发微

059　晨光

· 1 ·

064　柳如是

072　剥啄声

077　笑

087　幻境和实境

092　机遇

102　失落

108　鱼引来的胡思乱想

113　旧迹发微

留退笔

121　案头清供

125　留退笔

132　起火老店

138　伊滨访古

143　青龙湾

152　城

158　户外的树

163　灯

结尾的高风

175　梁漱溟

182　刘半农

188　俞平伯

200　老温德

207　诗人南星

216　张守义

225　结尾的高风

我与读书

大道本多歧，由它去吧。

我与读书

这是一篇不该写而终于决定写的文章。不该写的原因是，比喻说，居室内只有几件多年伴随的破桌子、烂板凳之类，而视为奇珍，并拦住过路人，请人家进来欣赏，这说轻些是愚陋，重些是狂妄。而又决定写，如文题所示，是因为先与"读书"，后与《读书》，有些关系。后来居上，且说近一两年来，不知道以何因缘，我的一些不三不四的文章，竟连续占了《读书》的宝贵篇幅。根据时风加市风，印成铅字的名字见三次以上，就有明眼人或不明眼人大注其意，自然，也因为文中总不免有些不三不四，或说野狐禅气，有些认真的人就不淡然置之。于是，据说，有人发问了："这新冒出来的一位是怎么回事？"又据说，这问是完全善意的。何以为报？想来想去，不如索性把不三不四的来路和情况亮一下；看了家底，也就不必再问了吧？这家底，大部分由"读书"来，小部分由"思考"来；思考的材料、方法以及动力也是由读书来，所以也无妨说，一切都是由读书来。这样说，没有推卸责任之意，因为书是我读，思考是我思考，辫子俱在，跑不了。语云，言者无罪，说是这样，希望实际也是这样。以下入正文，围绕着读书和思考，依老习惯，想到哪里说到哪里。

一

由呱呱坠地说起。遗憾也罢，不遗憾也罢，我未能有幸生在书香门第，因而就不能写王引之《经义述闻》那样的书；还不只我没闻过，就我及见的人说，祖父一辈和父亲一辈都没闻过。家庭是京、津间一个农户，虽然不至缺衣少食，却连四书、五经也没有。到我该读蒙书的时候，三味书屋式的私塾已经几乎绝迹，只好顺应时势，入镇立的新式学堂。读的不再是"三百千"，而是共和国教科书。国文是重点课，开卷第一回是"人手足刀尺，山水田，狗牛羊"，比下一代的"大狗叫，小狗跳"死板得多。时代不同，据说总是越变越好。是否真值得这样乐观？我不知道；

但不同确是不错，大不同是：现在一再呼吁甚至下令减轻学生负担，我们那时候却苦于无事可做。忝为学生，正当的消闲之法是找点书看，学校没有图书馆，镇上也没有；又不像江南，多有藏书之家，可以走宋濂的路，借书看。但那时候的农村有个优越条件，是不入流的"小说家者流"颇为流行，譬如这一家有《济公传》，那一家有《小五义》，就可以交换着看。于是，根据生物为了活，最能适应或将就的原理，就东家借，西家换，大量地看旧小说。现在回想，除了《红楼梦》《金瓶梅》之外，通行而大家熟知的，历史、侠义、神魔、公案、才子佳人，各类的，不分文白，绝大部分是石印的小本本，几乎都看了。有的，如《聊斋志异》《三国演义》《镜花缘》等，觉得特别有意思，还不止看一遍。

　　这样盲人骑瞎马地乱读，连续几年，现在问，得失如何？实难说，因为"不如怎样怎样"是空想，不可能的事，不管也罢。只说得（当然是用书呆子的眼看出来的），如果教训也算，可以凑成三种。一种是初步养成读书习惯，后来略发展，成为不以读书为苦，再发展，成为以眼前无书为苦。另一种是学了些笔下的语言，比如自己有点什么情意想表达，用白，用文，都像是不很费力。还有一种是教训。古人说，诗穷（多指不能腾达）而后工。我想可以扩而充之，说书也是穷（多指财货少）而后能读。专说我的幼年，依普通农家的传统，是衣仅可蔽体，食仅可充腹。娱乐呢，现在还记得清清楚楚，家里一件玩具也没有，冬闲的时候，男顽童聚在一起，只能用碎瓦片、断树枝做投掷、撞击的游戏。这很单调，而精力有余，只好谋消磨之道，于是找到最合用的，书。何以最合用？因为可以供神游，而且长时间。总之，因为穷，就读了不少。现在，也可算作进步之一桩吧，不要说幼儿园，就是小家庭里，如果有小孩，也是玩具满坑满谷，据说其中还有电气发动、会唱会闹的。我老了，步伐慢，跟不上，总有杞人之忧，像这样富而好乐，还会有精力和兴趣读书吗？——不好再说下去，否则就要一反韩文公之道，大作其《迎穷文》了。

二

总有七八年吧，小学不好再蹲下去。农，士，商，三条路，受了长兄毕业于师范学校的影响，走熟路，考入官费的通县师范学校。成文规定，六年毕业；不成文规定，毕业后到肯聘用的小学当孩子王。不知为什么，那时候就且行善事，莫问前程。课程门类不少，但考试及格不难，可以临阵磨枪，所以还是常常感到无事可做。学校多年传统，两种权力或自由下放给学生，一种是操办肉体食粮，即用每人每月四元五角的官饭费办伙食；一种是操办精神食粮，即每月用固定数目的图书费办图书馆。专说所谓图书馆，房间小，书籍少，两者都贫乏得可怜。但毕竟比小学时期好多了，一是化无为有，二是每月有新的本本走进来。其时是二十年代后期，"五四"之后十年左右，新文学作品（包括翻译和少数新才子佳人）大量上市的时期，又不知道以何因缘，我竟得以较长时期占据管理图书馆的位置。近水楼台先得月，于是选购、编目、上架、借收等事务之余，就翻看。由于好奇加兴趣，几年时光，把这间所谓馆的旧存和新购——绝大部分是新文学作品，小部分是介绍新思想的，中的，由绍兴周氏弟兄到张资平、徐枕亚；外的，帝俄、日本、英、法、德，还有西班牙（因为产生了堂吉诃德），凡是能找到的，几乎都看了。

与小学时期相比，这是由温故而走向维新。有什么获得呢？现在回想，半瓶醋，有时闭门自喜，不知天高地厚。但究竟是睁开眼，瞥了一下新的中外，当时自信为有所见。就算是狂妄吧，比如，总的说，搜索内心，似乎怀疑和偏见已经萌了芽。这表现在很多方面，如许多传统信为真且正的，上大人的冠冕堂皇的大言，以至自己的美妙遐想，昔日赞而叹之的，变为半信半疑，或干脆疑之了。这是怀疑的一类。还有偏见的一类，专就文学作品说，比如对比之下，总觉得，散文，某某的不很高明，因为造作，费力；小说，某某的，远远比不上某些翻译名著，因为是适应主顾需求，或逗笑，或喊受压，缺少触动灵魂的内容。这类的胡思乱想，对也罢，错也罢，总而言之，都是由读书来的。

三

三十年代初，我师范学校毕业，两种机缘，一堵一开，堵是没有小学肯聘用，开是毕业后必须教一年学才许升学的规定并不执行，合起来一挤就挤入北京大学。考入的是文学院，根据当时的自由主义，入哪一系可以自己决定。也许与过去的杂览有关吧，糊里糊涂就选了中国语言文学系。其时正是考证风刮得很厉害的时候，连许多名教授的名也与这股风有关，如钱玄同，把姓也废了，改为疑古；顾颉刚越疑越深，以至推想夏禹王是个虫子；胡适之的博士是吃洋饭换来的，却也钻入故纸堆，考来考去，说儒的本职原来是吹鼓手，等等。人，抗时风是很难的，何况自己还是个嘴上无毛的青年。于是不经过推理，就以为这考证是大学问，有所知就可以得高名，要加紧步伐，追上去。

追，要有本钱，这本钱是依样葫芦，也钻故纸堆。在其时的北京大学，这不难，因为：一，该上的课不多，而且可以不到；二，图书馆有两个优越条件，书多加自由主义。书多用不着解释，专说自由主义，包括三项：一是阅览室里占个位子，可以长期不退不换；二是书借多少，数量不限；三是书借多久，时间不限。于是利用这种自由，我的生活就成为这样：早饭、午饭之后，除了间或登红楼进教室听一两个小时课之外，经常是到红楼后面，松公府改装的图书馆，进阅览室入座。座是自己早已占据的，面前宽宽的案上，书堆积得像个小山岭。百分之九十九是古典的，或研究古典的。先看后看，没有计划，引线是兴趣加机遇，当然，尤其早期，还要多凭势利眼，比如正经，正史，重要子书，重要集部，一定要看，就是以势利眼为指导的。机遇呢，无限之多，比如听某教授提到，逛书店碰到，看书，王二提到张三，张三提到李四，等等，就找来看。兴趣管的面更广，比如喜欢看笔记，就由唐、宋人的一直看到俞曲园和林琴南；喜欢书法，就由《笔阵图》一直看到《广艺舟双楫》。量太大，不得不分轻重，有些，尤其大部头自认为可以略过的，如《太平御览》《说文解字诂林》之类，就大致翻翻就还。这样，连续四年，在图书馆里乱翻腾，由正襟危坐的《十三经注疏》《资治通鉴》之类到谈情说爱的《牡丹亭》《霓裳续谱》之类，以及消闲的《回文类聚》《楹联丛话》之类，杂乱无章，总的说，是在古典的大海里，不敢自夸为漫游，总是曾经"望洋向若而叹"吧。

也要说说得失。语云，开卷有益，多读，总会多知道一些，有所知就会有所得。这是总的。但是也有人担心，钻故纸堆，可能越钻越糊涂。明白与糊涂，分别何所在，何自来，是一部大书也难得讲明白的事。姑且不求其解，也可以从另一面担心，不钻也未必不糊涂。还是少辩论，且说我的主观所得。一方面是积累些中国旧史的知识，这，轻而言之是资料，可备以后的不时之需；重而言之是借此明白一些事，比如常说的人心不古就靠不住，古代，坏人也不少，尤其高高在上的，他们的善政都是帮闲或兼帮忙的文人粉饰出来的。另一方面是学了点博览的方法，这可以分作先后两步：先是如何找书看，办法是由此及彼，面逐渐扩大；后是如何赶进度，办法是取重舍轻，舍，包括粗看和不看。这些，我觉得，对我后来的"尽弃其学而学焉"确是有些帮助。失呢，也来于杂览，因为不能专一，以致如室中人多年后所评，样样通，样样稀松。或如《汉书·艺文志》论杂家所说："杂家者流，盖出于议官，兼儒墨，合名、法，知国体之有此，见王治之无不贯，此其所长也。及荡者为之，则漫羡而无所归心。"

四

大概是大学四年的末期，脑海里忽然起了一阵风暴。原来底子薄，基础不巩固，抗不住，以致立刻就东倒西歪，具体说是有了强烈的惶惑之感。还可以具体并重点地说，是心里盘问：偏于破的，如舜得尧之二女，是郗鉴选东床坦腹式的许嫁或卓文君式的私奔，还是曹丕得甄氏式的抢；三代之首位的夏禹王，是治水的圣哲兼开国之君，还是个虫子，等等，就是能考清楚了，远水不解近渴，究竟有什么用？偏于立的，生而为人，生涯只此一次，究竟是怎么回事，如果有意义，意义何在，要怎样生活才算不辜负此生，等等问题是切身的，有精力而不先研讨这个，不就真是辜负此生了吗？这是注意力忽然由身外转向身内。何以会有此大变？直到现在我也不明白。但这变的力量是大的，它使我由原来的自以为有所知一霎时就如坠五里雾中。我希望能够尽早拨开云雾而见青天。办法是胸有成竹的，老一套，读书，读另一类的书。起初是乐观的。这乐观来于无知，以为扔开《十三经注疏》之类，找几本讲心理、讲人生的书看看，就会豁然贯通。当然，这乐观的想法不久就破灭了。破灭有浅深二义：浅的是，不要说几本，就是

"读书破万卷"也不成；深的是，有些问题，至少我看，借用康德的论证，是在人的理性能力之外的。这些后面还要谈到，这里只说，因为想拨开云雾，我离开大学之后，就如入另一个不计学分、不发证书的学校，从头学起。

这另一个学校，没有教室，没有教师，没有上下课的时间，更糟的是学什么课程也不知道。起初，只能用我们家乡所谓"瞎摸海"（称无知而乱闯的人）的办法，凭推想，找，碰，借，读读试试，渐渐，兼用老家底的由此及彼、面逐渐扩大法，结果，专就现象说，就真掉进书或新知的大海。这说来嫌话太长，只好化繁为简，依时间顺序，举一斑以概全豹。先是多靠碰，比如还看过经济学的书，不久就发现，它只讲怎样能富厚，不讲为什么要富厚，文不对题，扔开。另一种情况是百川归海，终于找到冤有头的头，债有主的主。这百川，大致说是关于人以及与了解人有关的各门科学知识。人，或说人心，中国传统也讲，缺点是玄想成分多，比如宋儒的天理与人欲对立，就离实况很远。所以我一时就成为"月亮也是外国的圆"派，几乎都读真洋鬼子写的。由近及远，先是心理学，常态的，变态的，犯罪，两性的，因而也读蔼理斯，特别欣赏弗洛伊德学派的，因为深挖到兽性。向外推，读人类学著作，希望于量中见到质；再推，读生物学著作，因为认为，听了猫叫春之后，更可以了解禅定之不易。直到再向外，读天文学著作，因为那讲的是生的大环境，如果爱丁顿爵士的宇宙膨胀说不错，人生就化为更渺小，意义就更难说了。说到环境，这牵涉到万有的本质问题（科学成分多），知识的真假、对错问题（哲学成分多），于是就不能不读偏于理论的科学著作。而所有这些，就我个人说，都是为解答一个问题，人生究竟是怎么回事，所以百川就归了海，这海是"人生哲学"。这门学问也确实不愧称为海，西方的，由苏格拉底起；东方的，由孔子起，还要加上各种宗教，著作浩如烟海。只好找重要的，一本一本啃。洋鬼子写的，尽量用中译本；没有中译本，英文写的，找原本，非英文写的，找英文译本。与科学方面的著作相比，这人生哲学方面的著作是主干，所以读的种数，用的时间，都占了首位。还有一种情况，是归拢后的再扩大，也可以说说。那是因为哲学的各部门有血肉联系，读一个部门的，有如设宴请了某夫人，她的良人某某先生，甚至姑姨等系的表姐表妹，也就难免跟了来。人生哲学的戚属很多，比如你总追问有没有究极意义，就不能不摸摸宇宙论；有所知，有所肯定，不知道究竟对不对，就不能不摸摸知识论；而一接近知识，就不免滑入逻辑；等等。总之，找来书读，像是越读问题越多，自己不能解答，就只好再找书，再请教。

就这样，读，读，旧问题去了，来了新问题，小问题去了，来了大问题，直到人借以存在的时、空及其本原是怎么回事也成为问题，就问爱因斯坦，及至知道他也不是彻底清楚，就只能抱书兴叹了。说句总结的话，这一阶段，书确是读了不少，所得呢？一言难尽。

五

严格说，不应该称为"得"，因为情况复杂，复杂到扪心自问，自己也有账算不清。语云，读书明理，难道反而堕入佛家的无明了吗？也不尽然。实事求是地说，是小问题消减了，大问题明显了。明显到自信为不能解决，所以其结果就一反宋朝吕端之为人，成为大事糊涂，小事不糊涂，颇为可怜了。以下具体说这可怜。可怜由零碎的可喜来，先说可喜。这也不好枚举，只说一点点印象深的，影响大的，算作举例。一种，姑且名之为"方法"，曰无成见而平心静气地"分析"。姑嫂打架，母亲兼婆母必说姑直而嫂曲，邻居不然，说针尖对麦芒，母用的是党同伐异法，邻居用的是分析法。显然，治学，定是非，分高下，应该用分析法，事实上许多人也在用分析法。且说我推重这种方法，并想努力用，主要是从薛知微教授（十九世纪末在伦敦大学任教）的著作里学来的。他著作不少，只说一本最有名的《伦理学方法》。书的高明之处，为省力，引他的高足伯洛德先生的意见（非原文）：对某一个问题，他总是分析，就是从这个角度看，如此如此，从那个角度看，如彼如彼，都说完，仿佛著者并没什么主见，可是仔细想想，人类智力所能辨析的，不过就是这些，思想的高深就蕴含在这无余义之中。这可谓知师者莫如徒。这本书我读了两遍，自信为有所得，其最大者是：确知真知很难，许许多多久信的什么以及宣扬为应信的什么，绝大多数是经不住分析的；因而对于还未分析的什么，上德是"不知为不知"。另一种，姑且名之为"精神"，曰无征不信的"怀疑"。就我所知，在这方面，也是进口货占上风。古希腊有怀疑学派，虽然庄子也曾"不知周之梦为蝴蝶""蝴蝶之梦为周"，可是意在破常识，所以没有成为学派。大大的以后，法国笛卡尔也是由怀疑入门，建立自己的哲学体系。这些都可以不计，只说我更感兴趣的，是许多人都熟悉的罗素，他推重怀疑，而且写了一本书，名《怀疑论集》。主旨是先要疑，然后才能获真知。他举个有趣的例，是英国课本说打败拿破仑是英国人之力，德国课本说是德国人之力，他主张让学生对照着念这两种，有人担心学生将无所适从，他说，能够使学生不信，教育就成功了。他的怀疑还有更重大的，是继休姆①之后，怀疑归纳法的可靠性。举例说，如果把"一定还有明天"看作可信的知识，这信是从归纳法来的，因为已经一而再，再而三，就推定一定还有三而四。为什么一而再，再而三，其后必有三而四？因为我们相信自然是齐一的（有规律，不会有不规律的变）。何以知道自然是齐一的？由归纳法。这样，自然齐一保归纳法，归纳法保自然齐一，连环保，就成为都不绝对可靠了。就举这一点点吧，分析加怀疑，使我有所得也有所失。得是知识方面的，也只能轻轻一点。先说个大的，比如对于生的大环境的底里，我确知我们殆等于毫无所知，举个最突出的例，我们这个宇宙，用康德的时间观念（与爱因斯坦的不同），问明天还有没有，自然只有天知道。如是，计划也好，努力也好，都不过是自我陶醉而已。再说个小的，比如有情人终于成为眷属，我确知这决定力量是身内（相貌、能力等）身外（地位、财富等）两方面条件相加，再加机遇，而不是西湖月下老人祠中的叩头如捣蒜。总之，辨识真假、是非的能力强了，大大小小的靠不住，虽然未必说，却可一笑置之。失呢？大失或大可怜留到下面说，

---

① 今译作休谟（1711—1776），英国著名哲学家、历史学家，启蒙运动代表人物，代表作有《人性论》《道德原则研究》。

这里只说小失，是心和身常常不能合时宜，这包括听宣传、看广告都不怎么狂热之类。浮世间，为了争上游，至少是为了活，大概常常不得不狂热或装作狂热吧？每当这种时候，分析方法和怀疑精神等就来捣乱，以致瞻前顾后，捉襟见肘，苦而不能自拔了。

六

以下正面说可怜，包括两类：一类是大问题不能解答，以致难得安身立命，这一节谈；另一类是不得已而退一步，应天顺人，自欺式地自求多福，下一节谈。记得英国培根说过（《新工具》?）："伟大的哲学始于怀疑，终于信仰。"不知道这后一半，他做到没有。我的经验，想做到，就要脚踩两只船，一以贯之必不成。这两只船，比如一只是冥思室或实验室，一只是教堂，在室里虽然被类星体和基本粒子等包围，到教堂里却可以见到上帝；通晓类星体和基本粒子等可以换取世间的名利，安身立命却要由上帝来。我可怜，是因为不能脚踩两只船，而习惯于由怀疑始，一以贯之。比如喜欢追根问底就是这种坏习惯的表现。追问，有天高皇帝远的，如历史上的某某佳人，就真能作掌上舞吗？某某的奉天承运，就真是来救民于水火吗？远会变为近，也追问关于人的，不合时宜，单说关于理的。各时代都有流行的理，或说真理，新牌号的大多不许追问，老牌号的升迁，以至很多人想不到追问。如果始于怀疑而一以贯之，就难免（在心里）追问：所信的什么什么最对，至好，为什么？为什么还可以分为不同的层次，仍以人生哲学为例，厚待人比整人好，为什么？答曰，因为快乐比痛苦好。一般人到此不问了，薛知微教授之流还会问，为什么？比如答复是快乐比痛苦有利于生活，惯于追根问底的人还会问，为什么利于生活就好？甚至更干脆，问，为什么生就比死好？显然，这公案只能终止于"不知道"。遗憾的是，我也诚心诚意地承认，能信总比不能信好，因为可以安身立命。话扯远了，还是赶紧收回来，谈人生究竟是怎么回事。确是很可怜，借用禅和子的话形容，是在蒲团上用功多年，张目一看，原来还是眼在眉毛下。直截了当地说，关于人生有没有意义，或说有没有目的，我的认识是，胆量大一些答，是没有；小一些答，是无法证明其为有。这胆小一些的答复是由宇宙论来，因为宇宙何自来，将有何归宿，以及其中的千奇百怪，大到星云的旋转，小到一个蚊子哼哼哼，为什么，有何必要或价值，我们都说不上来。不好，这扩大为谈天，将难以收束。那就下降，专说人。天地间出现生命，生命有强烈的扩展要求，于是我们就恋爱，凑几大件成婚，生小的，小的长大，再生小的，究竟何所为？平心静气，实事求是，只能说不知道。孔老夫子说"畏天命"，畏而不能抗，又不明其所以然，所以成为可怜。这可怜，说句抱怨的话，也是由读书来的。

七

大问题不能解答，或者说，第一原理树立不起来，是知识方面的迷惘。但迷惘也是人生的一个方面，更硬的现实是我们还活着。长日愁眉苦脸有什么好处呢？不如，事实也是人人都在这样做，且吃烤鸭，不问养壮了有什么意义。这是退一步，天上如何不管了，且回到人间打算盘，比如住楼房比住窑洞舒服，就想办法搬进楼房，而不问舒服和不舒服间还有什么大道理。这生活态度是《中庸》开头所说："天命之谓性，率性之谓道，修道之谓教。"用现代语注释是：人有了生就必须饮食男女，这是定命，到身上成为性，只能接受，顺着来，顺着就是对；但人人顺着也难免有冲突，比如僧多粥少就不免于争，所以还要靠德、礼、法等来调节。对于这种生活态度，几乎是人人举手赞成，认为当然。我也赞成，却受了读书之累，不是认为当然，而是认为定命难抗，只好得过且过。或说得冠冕些，第一义的信仰既然不能树立，那就抓住第二义的，算作聊以自慰也好，甚至自欺也好。正如写《逻辑体系》的小穆勒先生，长期苦闷之后，终于皈依边沁主义（其主旨为善是最大多数人的最大幸福），既已皈依，就死生以之。这当然也得算作信仰，但其中有可怜成分，因为不是来于理论的应然，而是来于实际的不得不然。说句泄气的话，是生而为人，要活，并希望活得如意些，就不能不姑且相信应该分辨是非，有所取舍。取，天上不会掉馅饼，所以还要尽人力，想办法。边沁式的理想，我们很早就有，那是孟子的众乐主义。孔、孟是理想主义者，凡理想主义都不免夹带着乐观主义，他们相信，只要高高在上者英明，肯发善心，人间就会立刻变成盛世。事实是在上者并不发善心，或根本就没有善心，因而人间就始终不能盛。与孔、孟的眼多看天相比，荀子眼多看地，于是就看见性恶以及其本原的"欲"。两千年之后，西方的弗洛伊德不只看见欲，而且经过分析，说欲可以凝聚为"结"，所以不得了。这要想办法，以期不背离边沁主义或众乐主义。他的想法写在名为《一个幻觉的未来》那本不厚的书里，主旨是：因为人生来都具有野性，所以应当以"文"救之。这文，我的体会，包括习俗、道德、法律、组织、制度等等。具体应该如何？难说，而且不好说，只好不说。

八

很快就迎来"四十而不惑"。不惑有自足的一面，是"吾道一以贯之"；有影响的一面，是原地踏步，看着别人走出很远，难免感到寂寞。旧习难改，仍然读书。性质有变，以前是有重心，略有计划，而今变为阮步兵的乘车式，走到哪里算哪里，碰见什么是什么。比以前数量少了，因为难得主动。获得呢？天方面，依然故我；人方面，也借助历练，像是所知更多一些。古人说，"察见渊鱼者不祥"，装作不知也罢。一晃又是四十年，也许应该算算总账了吧？不敢用《旧约·创世纪》的算法，那会后悔吃智慧果，痛哭流涕。但事实是不能变的，读了不少杂七杂八的是事实，既往咎之也没有用，还是不悔恨的好。也无妨从另一面看。现在时兴旅游，读书也是旅游，另一种性质的，地域更广阔，值得看看的更多。缺点是有些地方，比如天，至少我是，看不清楚。但这也未尝不可引孔子的话来解嘲，那是："不知为不知，是知也。"写到此，想到重实际的哪一位也许要说，所有这些不过是文字般若。这我承认，但就算只是文字，既然可以称为般若，它就有可能引来波罗蜜多；纵使不能引来，总比无明而自以为有明好一些吧？这样说，对于"我与读书"，作为终身大事，我的态度显然还是"家有敝帚，享之千金"一路。蠹鱼行径，是人生的歧途吗？大道本多歧，由它去吧。

自欺而不欺人

不知道应该说是得天独厚还是得天独薄，用旁观者清的眼看，我比老而死的大众像是多活了几岁，于是不断有好事者或贪得者来问养生之道。我说我不会养生，并举一些行事以证并非谦逊或撒谎。可举之事很多，这里只说两件。一是饮食，在享受与懒散二者不可得兼的时候，我必是迁就后者而牺牲前者。比如间或有人惜老怜贫，送来贵重茶叶，我照例是不喝，不是因为反对陆羽的雅兴，是因为没有喝白水省事。又比如在单位过单身日子，估计晚饭不会有人招待，午饭就从食堂多买一些，晚上吃剩的一半，凉的，有人看见，说有违养生之道，我总是答："死生有命，富贵在天。"再说一件，防病，单位有善政，定期送来体检表，我总是不参加。还有不参加的高论，是：身上没什么不舒服，即无病；去检查，推想必不免的，动脉硬化，脑供血不足，出于医生之口，就成为有病，所谓自寻苦恼，何必！说到这里，问者表示理解，但未满足，而是退一步，收回"养"字，问"生之道"，因为我还活着，而且像是活得有滋有味的。对于这样的一问，我一贯是答曰："自欺而不欺人。"显然，话太简略，不能不加点解释。

先说自欺，有哲理的和闲情的两方面的意义。先说哲理的。上面提到自寻苦恼，这哲理方面的诸多问题和一些想法就是自寻苦恼寻来的。这说来话长，只好化繁为简。还是未出学房时期，也可能由于天命，忽然身在土地之上，而心跳过《三皇五帝考》和"雨打梨花深闭门"之类，想到人生究竟是怎么回事以及怎么样生活才好的大问题。求解答，不能不读，不能不思，于是读而思，思而读，也可以说是下一种海，在水里扑腾了若干年。所得呢，是不能证明人生有什么意义。但还活着，并舍不得死，总当有个说法吧？这说法，效颦，引经据典，是《中庸》的开篇："天命之谓性，率性之谓道。"古人高明，说天命之谓性是叙述事实，而不问这样的事实有什么意义；然后重点是讲生活之道，不过是率性，举例以明之，是性规定愿意活着，就争取能活；性规定烤鸭比糟糠好吃，就争取有烤鸭吃。

当然，地上人不止一个，活，吃烤鸭，还要具备许多条件。这诸多问题，我想过，并斗胆，把一得之愚写成一本小书，名《顺生论》。顺生者，顺本性活下去，而不问这样活下去有什么意义是也。用事例说，我也涂抹些不三不四的，到报刊上变成铅字，觉得有意思；有时以某种机缘，与友人甚至佳人共席，目相对，杯相碰，然后一饮而下，也觉得有意思；等等。究竟有什么意思？得天独厚的人是"不识不知，顺帝之则"，自然就想不到问；并未想到，这"有意思"就稳固如磐石，正是岂不羡煞人也。至于我，是装作没有这样的问题，而享受这摇摇欲坠的"有意思"。我也有"有意思"，但它是建基于"自欺"之上的。此即所谓"难得糊涂"，我自信我经常能够糊涂，即凭借自欺而活得有意思。这自欺是哲理性质的。

自欺还有闲情的。这是指清朝词人项莲生所说"不为无益之事，何以遣有涯之生"的为无益之事。无益有益，这"益"指常识所谓名利。用旧说，修桥补路，所得为名；不刺绣文而倚市门，所得为利。为无益之事则不然，如晨起散步时所见，湖畔林中，不少人提笼架鸟，就既不能得名，又不能得利，这是闲情，可是能自得其乐。我没有精力养鸟；也没有胆量养鸟，因为用鸟的被囚禁以换取己身的乐趣，我不忍。于是我为的无益之事就只能是，用佛家的话说，诸无情。这可以高，如古名人的书画，可以低，如最近由平谷县丫髻山拾来的猪肝色带青花的石块，等等都是。太多，只好举一斑以概全豹。这一斑还要限于有"文"为证的，记得提到过姚鼐的书札，曹贞秀的小楷，金星歙砚，"炉行者"闲章，葫芦，老玉米，打油诗。这些都是玩物，其下文不是"丧志"吗？我的想法不然。原因之一是我无志，也就不会丧。原因之二，我有时闭门面壁，也不免有杜老"今雨不来"的愁苦，这时候，譬如看到壁上有闺秀小楷，案头有金星歙砚，于是，哪怕只是一瞬间，觉得世间还有兴致甚至温暖，至少热闹，所得也就值得大书特书了。近年来，我用这种办法，常常能够使心境的无所归变为像是有所归，也是因为我注视或抚摸的时候，只容受"有意思"而不问是否真有意思。这也是自欺，闲情性质的。

以下说题目的后一半，不欺人。欺，现时风行的办法是造假，由假药假酒直到假证件假情况，无所不有。我不造这类假，是因为不想，也不会。那就说会的。会的也不少，如小的，会挤公共汽车，中的，会念子曰诗云，大的，会积字成篇。显然，这三种之中，只有积字成篇容易欺人。就说这一种，千头万绪，也化繁为简，总括为两点。一是不扯名人，尤其女名人的裤角，如写某某名人"索隐"，某某畅销书"续编"之类，以期速得并多得一些名利。二是执笔，不写己之所不信。何以不说"必写己之所信"？因为信要表现为思路的活动，而思路有如野马，是很容易跑到礼俗和教条所规定的范围之外的。世故告诉我们，这不合适，或不合算。所以，为了上面打高分的活得有意思，己之所信往外拿，就不得不挑挑拣拣。办法很简单，是估计会惹麻烦的不写；万不得已，也要旁敲侧击，张冠李戴。这样写出来的一些，其价值就微乎其微了吧？但有一点还聊可以自慰，是全部是老实话，并未欺人。

以上解释完，还应该说两句结尾的话。语云，盗亦有道，君问生之道，我不能说没有，但也只是这既不冠冕又不堂皇的自欺而不欺人而已。

临渊而不羡鱼

近一时期，"文人下海"的声音，化为文字，常常在眼前晃动。他人门前雪，不管也罢。可是几天以前，广州《随笔》一九九三年第四期送来，翻了翻，感到形势有点逼人。在这一期里，我滥竽充数，优哉游哉，还在那里谈"酒"，并说有决心站在陶渊明一边，而曾出东山、不久致仕的王蒙先生却按捺不住，用题目中的"再从容些"间接表态，说自己这个文学家并未见钱眼开。我忝为这一期《随笔》中的邻居，如果还是在"隔篱呼取尽余杯"，就真有点那个了，所以决定，至少是暂时，放下酒杯，也说几句有关文人下海的，凑凑热闹。

入话之前，先要说几句会有防御工事作用的话。计有两项。其一，我不止一次说过，人生是一，人生之道是多。这样，譬如同住一个大杂院，某志士在屋中编造什么主义，并坚信依之而行，娑婆世界可以很快变为天堂，而隔壁的王婆却走出屋门，在门外修建鸡窝，她的所求是鸡蛋，而不是人间的天堂。谁对？应该由著《南华经》的庄子来评断，是"鹏之徙于南冥""抟扶摇而上者九万里""蜩与学鸠""枪榆枋时则不至"，亦各适其所适而已。就是说，作为人生之道，只要不违法败德，就难分高下，或竟至没有高下，人也只能各适其所适。扣紧本题说，对于下海，甲说很应该，乙说不应该，其是非就又成为庄子所说，"彼亦一是非，此亦一是非"。"庄周，吾之师也"（嵇康《与山巨源绝交书》），尊师重道，昔人所尚，所以我只当说说自己关于"自己"的一些想法，并且，即使这样的想法不无可取，也并不表示与之相左的想法就不可取。其二，下海的"文人"像是有不成文的定义，指文学家；而文学家，像是还有不成文的定义，指能编造小说的。如果我的闭门的体会不错，那就可以判定，现身说法对下海表示意见，王蒙先生及其同道有资格，我没有资格。无发言之资格而还想说，总得找个理由。理由还得由师门来，曰己身虽非蝴蝶，可以梦为蝴蝶，那么，就算我梦为文学家吧，听到门外喊："文人们请注意，下海喽！下海喽！"我是不是奋然而起，投笔（新潮曰投电脑打字机），跑出门，也跳入东流之水，不须再思三思就决定呢？还是学孟老夫子，不动心，仍然拿笔，写不三不四的文章。或问，如此顽固不化，亦有说乎？以下分项说明顽固不化的理由。

其一是没有改行的本领。我年轻时候非主动地犯了路线错误，小学略识之无之后，无路可走，而中等学校，而高等学校，又因为头脑欠清晰，不能数理化，就落在文史哲的泥塘中。由走入大学之门算起，已经超过六十年，居常面对的，除妻儿黄瘦的脸之外，就是书和笔。语云，熟能生巧，日积月累，也就能够略知文事甘苦，有时率尔操觚，还能成篇，换来量虽不大却颇为有用的稿酬。此外还有何能呢？算平生之账，也只是在干校曾经受命担粪，本领超过妻梅子鹤的林和靖处士而已。担粪之外，还有个未尝不可以自我吹嘘的非物质的本领，是自知之明，具体说是，如果丢开书和笔，那就不要说"发"，就是早晚的稀粥也难得保持坚硬，岂不哀哉？所以为了不哀哉，我坚决不改行，不要说"海"，就是再大，"洋"，我也不下。

其二，下海是为变贫为富，所谓"发"，即有大量的钱，很多人眼红，我为什么不眼红？原因很平常，只是无此需要而已。需要是个很复杂的玩意儿，非三言五语所能讲清楚。复杂，一半来于客观，是可欲之物无限，如果人没有自知之明，也许想把夜空的亮星摘下来，代替室内的电灯吧？一半还来于主观，如希特勒就想统一全球，并把他厌恶的人都杀死；希腊的某哲人就不然，只希望国王的车马仪仗不遮他晒太阳的阳光。我是常人，虽然看古代典籍，也承认"负暄"为可珍重的享受，但又不忘古人"饮食男女，人之大欲存焉"的名言，就是说，晒完太阳，还是要吃喝，并要有个蜗居，就算是黄脸婆吧，也能够挑灯夜话。这就可见，我同样有需要。一切复杂，一切分歧，来于需要的限度，或加深说，来于想满足什么样的欲望。为了化复杂为简单，只好来个差不多主义，分需要为三个等级，由低而高是，温饱，享受或享乐，阔气。说差不多，是因为三者有错综的关系，比如温饱也是一种乐；至少有些人，也视阔气为享受。安于差不多，可以因细小以见概括，比如食，吃烙饼炒鸡蛋可以温饱；吃红烧海参就成为享受，因为超出温饱的需要；再升，吃清炖天鹅就成为阔气，因为只是价高而未必好吃。本段开头说我没有发的需要，就因为我的所求只是温饱，而不求享受，更不求阔气。何以会这样？来由有浅的，曰"习惯"；有深的，曰"知见"。先说习惯，自然只能举一点点例。一例说温，我离开乡里家门之前睡火炕，其后由二十年代中期起，直到现在，卧之时，身下都是木板。年深，旧棉絮不扔，铺在木板之上，就成为高级席梦思。盖普通席梦思，我也睡过，多软而少支持力，尤其翻身，感到别扭，所以还是不舍高级的。再一例说饱，我肠胃如蜗居，寒俭，不宜于也不惯于迎高宾，比如太阳从西方出来，中午吃得好一些，非"食无鱼"，晚饭就会犯怀旧之病，想吃玉米渣粥。这样，卧，安于木板；吃，安于玉米渣粥，眼下每月定时有祠禄，还不时会飞来大名为稿酬的外快，而需要额外买的却几乎没有，于是关于钱，所愁的就不是少，而是，比如说，月底了，检查阮囊，竟还有大额票十几张，怎么办？花，无东西可买；存，既要跑银行，磨鞋底，又怕通货膨胀加速，贬值。大额票十几张尚且带来愁苦，况发乎？再说知见，就难得像说习惯那样简明，因为不能躲开人生的价值问题。我昔年读英国薛知微教授的《伦理学方法》，所得是，关于人生价值有多种想法，无论哪一种，都难于取得确凿的理据。这里也就只好说说自己认为合于情理的，或者说，经过深思熟虑多数人会认可的。为省力，还宜于从反面说，是享乐和阔气并没有什么价值，至少是没有值得珍重的价值。证据有正面的，借用古语，《左传》所举三不朽，立德，立功，立言，都与享乐和阔气无关。证据还有反面的，是享乐和阔气与纵欲和掠夺（包括隐蔽的形式）是近邻，所以最容易败德，就是说，乐和阔是来于他人的苦难，还有什么价值可言呢？所知所见如是，依照王文成公知行合一的理论，我也就不见钱眼开了。

其三，不见钱眼开是说见钱，而眼这东西，也有所谓"天命之谓性"，于是有时一睁，也会看见各色人等和花花世界，又于是而就不免顿生杞人之忧。忧也可以分为关于人和关于世两类。先说关于人的，为了文不离题，人指人群的一小部分，戴着文学家帽子而想下海或已下海的。所忧是这个，跳下去，扑腾，挣扎，斗争，或得胜而喜，或失败而悲，还有余暇、兴趣、精力，写烈士革命、佳人出洋之类的故事吗？这里，恕我仍是旧思想，认为鲁迅比大大小小的官都高，《阿Q正传》比内藏珠宝金条的摩天大厦更有价值。我不知道，思想改革开放以后，是否也把我这样的旧思想扔到垃圾堆上。如果扔，是道不同不相为谋。不扔呢，有的人也许有雄心，说一手抓钱，一手还可以拿笔。至于我，就仍是老框框，一直坚信：一、文学事业，有成就，要死生以之，至少也要多半个心贯注，半心半意必不成；二、文穷而后工，蒲松龄是这样，曹雪芹也是这样，腰缠十万贯，会坐在屋里写小说或凑五言八韵，不下扬州吗？我是俗人，比如眼下，肯坐在桌前一个字一个字写，原因之一就是没有多余的钱，如果得吕道士之枕，一旦发了，比如得美元百万，大概也会投笔，到什么地方去喝人头马，欣赏娇滴滴吧？再请恕我以己之心度人之心，所以才生了文学不知何处去的杞忧。再说关于世的。这用不着多费笔墨，因为大家目所共见，享乐主义和拜金主义（两者是孪生兄弟）的世风已经刮到十级以上，也许只有皇甫谧《高士传》中的人物能够砥柱中流吧？至于一般人，自然就为弄钱，为享乐，无所不为了。绝大多数人为钱而无所不为，我们还在自负的神州将走向何方，也就可想而知了。

理由说了三项，我的意见就变得很明显，是希望（也只是希望！）已经挑出招牌开文学铺的，只要还能温饱，就不要改卖时装。这不容易吗？也不见得。举太史公司马迁为例，他临渊，也曾生羡鱼之心吧，但终于没有下海。《史记·货殖列传》有这样的话：

> 天下熙熙，皆为利来，天下壤壤，皆为利往。夫千乘之王，万家之侯，百室之君，尚犹患贫，而况匹夫编户之民乎？……贤人深谋于廊庙，论议朝廷，守信死节，隐居岩穴之士，设为名高者，安归乎？归于富厚也。……无岩处奇士之行，而长贫贱，好语仁义，亦足羞也。

以为贫贱足羞，是动了心。可是因为更重视"欲以究天人之际，通古今之变，成一家之言……藏之名山，传之其人"，也就没有放下笔，后世无数的人也就还是能够读《史记》，一唱三叹。"欲以究天人之际"是人生的一条路，扔开刺绣文而改为倚市门是人生的另一条路，不知道诸位文学家怎么样，至于我，即使不忘算盘，二一添作五之后，还是决定不改行，永远不能发而不悔。是想希圣希贤吗？曰不敢，"亦各言其志也"而已。

关于信佛

日昨午餐有个小聚会，依旧新风，要有酒，座上一位不喝，并说明原因，是信佛。我立即想到自己，因为编过佛学期刊《世间解》和《现代佛学》，写过《禅外说禅》（1991年黑龙江人民出版社出版），多次有人问及是否信佛。这使我很为难，因为一言以蔽之，"信"或"不信"，说不清楚；详说，非三言五语能尽，问者未必有耐心听。所以至今仍是揾"肚"而藏，现在是眼前有此机缘，想费些笔墨，说说我的一些想法，以报关心此问题的诸位高明的雅意。

先说信，有性质之别，可以举玄奘法师与惯于念南无阿弥陀佛的净土宗老太太为典型的例，前者信，明其所以然（非科学意义的），后者信，不会想到还有所以然。还有等级之别，可以举禅宗六祖慧能与钱牧斋为典型的例，前者死生以之，后者笔下虽然也常见蒲团、贝叶之类，心却更多的在柳如是那里。少为古人担忧，说现在，也迷一次《易经》，先"近取诸身"，我信不信呢？如果所谓"信"是货真价实的，即佛门常说的"信受奉行"，我只能答"不信"。先要说一下，性质不是"不屑"，是"未能"。然后就不得不说明理由。我一直认为，货真价实的信（安于低调的，不伸张到躬行）要包括三种内容。一是相信（此岸的）"人生是苦"，所以才需要依佛说，求解脱。我是根据己身的觉知，认为人生确是有苦，但也确是有乐，而避苦趋乐是人的本性。乐有没有什么究极价值，我们不知道。或者只是一条容易走的路，如《礼记·中庸》所说："天命之谓性，率性之谓道。"率性就不能轻视世间的乐，也就不能抛弃常人的生活，求解脱。二是相信"不生不灭，不垢不净，不增不减"的涅槃境界是实有的，因为实有，求而得才有可能。我是所知未能超出常识，或说受西学的污染，想象与证据之间更重视后者，所以总觉得这理想的境界只是理想，乃心所造，现实中是没有的。三是相信用出世、止观、参禅等修持方法能够证涅槃，由迷而悟。我是常人，力微，无大志，以己度人，因而觉得跳到"人生"以外的悟是难能甚至不可能的。至此，高明的读者可以洞悉，我虽然曾亲近佛门，只能算是在门外徘徊一阵子而并未走进去。

但终归是在门外徘徊一阵子，对于门内事物不免有所见，也就不免有些看法。看法由理到事，包括多方面，信不信大多来于理方面，这里想只谈"理"。先总说，是理颇有可取；而且不只此也，为常人的生活设想，还大可以利用。以下分项说明理由。

一、用大力观照人生，发现问题，想方设法求解决，这种精神是珍贵的。说珍贵，是因为一般人几乎都不是这样。是怎么样？是如《诗经》所说："不识不知，顺帝（天帝）之则。"用今语说是依传统，如男，爸爸作八股，就跟着作八股；女，妈妈缠脚，就跟着缠脚，而不问为什么要这样。佛门的生活态度不是这样。典型的例是释迦牟尼佛的所行，先是太子游四门，见生、老、病、死，感到人生是苦。接着是面对苦，不"畏天命"，忍，而是发雄心，求灭苦。办法是修道，经过多种挫折，最后在菩提树下彻悟，创立"苦、集、灭、道"的四圣谛法，又不停止于自了，而是积极传法，度众生。对于四圣谛法，我们现在宜于怎样看，可以暂且放过，这里只说，生而为人，由出生到断气，腾达也罢，没落也罢，总是一次难得的机缘，如果糊里糊涂混过去，连人生是怎么回事也没有想，总是损失太大了吧？要谨守而勿失，学佛家的热心观照，纵使他们的观照所得我们未必能接受。

二、关于"苦"的诸多想法能够言之成理。在佛家的眼里，人生是苦，我们常人会认为过于片面。如果只取片面，即承认有苦，他们的分析以及对付的办法就很值得重视。先说他们的分析（为易解，不用他们的名相），是苦来于我们有情欲。这很对，如果无情欲，见少艾而不动心，也就不会有失恋的痛苦。情欲会惹来麻烦，不只佛家如此看。《荀子·礼论》说人生而有欲，有欲则求，不得则争；对付的办法是圣王出场，使之有度量分界。精神分析学派的祖师弗洛伊德也说人生而有欲，或说具野性，所以要以文化之。与佛家的办法相比，他们是头疼医头，脚疼医脚，未能彻底，所以就不免补了东墙倒西墙。佛家的办法是斩草除根，不要情欲（度己、度人的情欲除外）。信受奉行，三皈，守戒，少则五，多则比丘二百多项，比丘尼三百多项，所求单一，是见可欲而心不动，因为悟之后已经没有情欲。这容易吗？甚至可以问，可能吗？这里只说"理"，无情欲则无苦的想法是无懈可击的。

三、鄙情欲、度众生的生活之道是值得尊重，并适当吸取的。我们绝大多数是常人，讲理，如前面所说，对于乘慧舟而到彼岸的想法未必能接受；务实，大如扔开富柔情之伴，小如不吃荤，等等，更是纵使心有余必力不足。力不足，走入禅堂，坐蒲团、求顿悟就做不到。但《诗》不云乎，"它山之石，可以攻玉"，他们的生活，拿来与我们的对比，还是可以的，或说有好处的。想当年，我浏览三藏，曾以之（指"真"出家、依戒律而行的）为镜，照照自己，所得呢，是惭愧。比如限于所有，人家是三衣一钵，我虽然一生穷困，衣却不少于几十件，此外还有多占地盘的书，不敢称为财产的妻子，等等，以致提到搬家就急得想逃走。这些还是小焉者也，重大的是如何对付"恻隐之心"。年轻时候我见过杀牛，心里很不好过，等而下之，引用孟子的话，"见牛未见羊也"，如果见杀羊，以至见杀鸡，杀鱼，直到拍死"一个蚊子哼哼哼"，也当"恻隐之心，人皆有之"吗？可是说来更加惭愧，是多年以来，虽然歪诗中曾写"愁看并刀割鲤鱼"，却始终未能发慈悲心，上馆子只吃小葱拌豆腐，不吃烤鸭。入佛门就不然，他们是"众生无边誓愿度"，不只不吃烤鸭，捉个虱子也要放在石榴皮上。他们处理恻隐之心（他们称为慈悲心）问题是心行一致，对比，我们常人就太差了。补救之道是"见贤思齐"加量力而为，比如不能灭情欲，改为不过于重视情欲；不能度众生，改为虽不能忘己而决不损人，其结果，举一偏之例以概全，贪污、偷或抢别人钱包的事就不会有，如是，混乱社会变为一清二白，从俗说"佛法无边"就不能算是信徒的吹嘘了吧？

至此，关于我信佛不信佛的问题，答复就可以明朗化，是未能走入门内，却愿意站在门前，高山仰止。

知惭愧

我因老而记忆力更下，只是有个模糊印象，什么人推重"知惭愧"这种心境。我偶然想起这种心境，觉得也确是值得推重，并想到，前些年写《顺生论》，"己身"部分应该包括这样一节，其时疏忽，未写，现在无妨亡羊补牢，用些时间，谈谈与此有关的一些情况。

知惭愧来于有一种心理状态，曰"惭愧"。惭愧也有来源，是我们相信世间事有"是非"，自己能够分辨是非，而言行，有时竟舍是而取非（大多是无意的）。承认有是非，言行未能走是的路，事后，内感到悔恨，外感到羞耻，我们说这是惭愧，或知惭愧。惭愧前加"知"，是强调"自己重视"。

人生，由能觉知、能思索到瞑目，理想的经历是"无愧"。正如天生之物或人造之物，都会有多种，无愧的情况也会有不同。举一时想到的。夭折是一种，因为几乎还未自主做什么就结束生命，自然就不会有失误，无失误就不会生惭愧心。另一种是《红楼梦》中傻大姐一流，心力有缺欠，可能不清楚是非的分界，也许就可以永远不感到惭愧吧？再一种是《水浒传》中陆谦一流，为利己而甘心损人，甚至乐于害人，推想被踏在林冲脚下之时是也不会感到惭愧的。还可以加一种是秦皇、汉武一流，一个人说了算，无往而不是，杀人如麻，堂上一呼，四海之内小民水深火热，估计直到大渐之时也不会想到心理活动中还有惭愧一项吧？以上几种，只有这一种最难捉摸，因为不能知道，比如栽了大跟头，倒了霉，清夜自思，他会不会承认自己错了。最后，也许只是理论上，要举出一种，是常人，有修养，能分辨是非，并能取是而舍非，不短命，由免于父母之怀到立遗嘱，日日三省，都不愧于屋漏，也就可以带着"无愧"二字离开这个世界。如此无愧，大好！问题是容易不容易，甚至可能不可能。说不可能，举证大难，因为要普查，古今中外，个个过关。说可能呢？显然，听到的人就会提出要求，希望举出一位看看。只说我自己，认识的人不少，如果让我举一位，一生言行无失误因而无愧的，这很难调查研究，只好凭常识判断，说必没有。所以我的意见是只好退一步，容忍某些（不是一切）失误，然后是坚决要求自己能够知惭愧。

容忍某些失误，不容忍另一些失误，意思是谈知惭愧，人的范围要有限，即只包括常人，而且承认有是非，所言所行，愿意取是而舍非的。愿意取是而舍非，乃主观愿望，不能保证必不失误；但可以给失误定个范围，即都不是主动的，有意的。被动，无意，失误就会微不足道吗？也不一定，因为评定失误的大小，既要从动机方面看，又要从结果方面看。不忽视结果，失误就可能于害己之外，还殃及有关的人。害也可能很轻微，甚至不显著，可是天知，地知，己知，总不如朝乾夕惕，不失误。说到这里，想想人生，想想世事，就不能不慨叹，是命定我们过于弱小，且不说不求安身立命的，即使立志求，也因为受诸多条件的限制，必是"欲寡其过而未能"。

至此，可以转为集中说过，即失误。前面已经缩小范围，限于本不想走错路而事与愿违的。但就是这缩小之后的，显然，由轻微到严重，也必是千头万绪，各式各样，连统计学家也难以说清楚。甚至只满足于归类也办不到。不得已，只好用举例法，抓个秃子说说，可以类推及于一切和尚。但举例，也最好有个引线，想了想，像是可以由

"来由"方面下手。一时想到三种，都来于"天命之谓性"，所以确是大号的，这是一，不明智；二、因贵生而不得不食周粟；三、因生而有欲，欲则不能无求。以下依次说说。

先说不明智。明智指所知多，选定举措对。"知也无涯"，两千多年前的庄子早已慨乎言之。另一面，我们的天资和学力，即使双料幸运，也必有限，所以单说非专业性的知识，我们的所知也必是很可怜的，何况眼前有歧路，选定哪一条，还要受性格和一时情绪的影响。其结果，因人而异，总会有些人，碰到某机缘，举步的时候以为对了，及至走远了，碰了壁，或跌了跤，才恍然大悟，原来错了。举例，大大小小，俯拾即是，用买西瓜法，挑大个的。想到两事，一远一近。远到四十年前的整风，不少人未识破"阳谋"，号召鸣放就大鸣大放，过畅所欲言瘾的当时也会以为走对了吧？可是不久就飞来嘉名为"右"的重冠，顶着挥泪对家门，到北大荒伐木去了。这是关系重大的不明智，回首前尘，能不感到惭愧吗？再说近事，是不久前，河南商丘两位女病号，因柯云路新著《发现黄帝内经》的宣扬而信能治百病的胡大师，求医服药，没有几天就离开这个世界。一命呜呼，此后就不再有痛苦；可是家里人还健在，不能不想到因无知而受骗吧？也就于悔恨之外，不能不感到惭愧了。

接着说第二种来由的，因贵生而不得不食周粟，用俗语说是因为要活，有时饭碗非心所愿，也只好端。义不食周粟是伯夷、叔齐弟兄的故事，在生与义之间，他们如孟子所说，舍生而取义。在儒家的眼里，或扩大为在一般人的眼里，他们是好样的。好，见贤思齐，应该学。问题是容易不容易。事实证明是不容易。即如写《伯夷列传》的太史公司马迁，下蚕室，受腐刑，自己信为奇耻大辱，却还是不得不在汉武帝的眼皮底下忍痛活下去。怨要怨"天命之谓性"，人，包括宣扬悲观主义的叔本华在内，几乎都是惜命的。表现为行为是：为了活，可以干一切，忍一切；不得已而舍，总是最后才舍命。可是活，更多的要靠外界，而外界，很少是能够随着主观愿望变化的。于是而必须主客观融合无间，始能保持"天地之大德曰生"，客硬，安如磐石，主就不得不屈就。屈就，非心所愿也，可是又能奈何？心安与活命不能两全，取前者而舍后者的人，古今都是很少的。顺水推舟，就举个古人为例，是魏晋之际的李密，不愿仕司马氏，上《陈情事表》，以祖母年高为由，搪塞一阵子，到祖母作古，还是不得不出山效命，推想心情与上表时不会有异，若然，清夜自思，也会感到惭愧吧？不厚古薄今，再举个现代的例。想一人化为众人，"大革命"之时，举小红书高呼万岁，总有些并非使徒，而是为活命，才不得不如此表演的。过于武断吗？我可以确说，我和我的许多相知都是这样，这是为保命而忘掉伯夷、叔齐，至今想起来仍不能不惭愧。

最后再说一种来于情欲的力量过大，知当节制而不能抗拒的。中土古代思想家，荀子是重视"欲"的。近代西方的精神分析学派也是这样。其实欲与生命是一回事，欲是求的原动力，要求而有得，生命才能维持，才能扩展。又是"天命之谓性"，人有了生，几乎所有的精力都汇聚到欲那里。还怕万一有疏漏，又生个守护和助长的力量，曰"情"，欲而求，求而得，就表现为快乐，反之就痛苦。佛家视世间生活为苦，想灭苦，找苦之原，看到"情欲"的可怕，决心用"悟"的办法去掉它。至少由常人看，这看法和办法都是反常的，或超常的，但就理（情欲为苦之原）说并不错，至少是值得参考。这里各取所需，我们要承认情欲的力量确是过大，人生的不少失误是由这个渠道来。对付情欲的态度，或习惯，不少人是听之任之，因而失误就更容易。容易表现为量是更多。为了能够更鲜明地说明情欲难抗的情况，想举三宝之一宝的僧为例。情欲的所向，中土贤哲说是两个方面，曰饮食，曰男女。佛门四宏愿之一是"众生（即诸有情，大致相当于我们所谓动物）无边誓愿度"，所以定杀为第一大戒，表现于行事是不吃荤食。

这对不对，可以不管，这里只说容易不容易。往者不可见，只说我认识的，根据考证方面的经验，是"说有易，说无难"，某某一生（只计僧腊）无的话只好不说，单说有，是确知，"只是不吃素"（笑话书，主人招待僧，问可否喝些酒，答可，只是不吃素）的并不少见。出家，犯戒是大事，竟至犯，可证情欲之力为更大。过渡到男女也是这样，或更是这样。实事不好说，也难知，无妨举戏剧为例，是僧下山了，尼思凡了。僧尼尚且如此，况街头巷尾的常人，程门立雪时可能默诵"四十不动心"，及至转入西厢，也就醉心于"怎当他临去秋波那一转"了。这是德与情的冲突，情占上风之时会兴奋，甚至迷乱，事过境迁，情前行至于情理，更前行至于德，就不能不感到惭愧。

三方面的例说完，可以总而言之，孔子"畏天命"的话是值得深思的，因为，纵使我们立志取是而舍非，为天命所限，有时还是不免于失误。所以只好退一步，推重知惭愧，盖这方面能知，就有利于改过，也就可以离进德修业近些。

该结束了，想到一个问题：以上都是就承认有是非（通常所谓公认的），并愿意取是而舍非的人说的，能不能扩大范围，也包括惯于己所不欲，施于人（上至指使、纵容害人，下至造假烟假酒骗人）的？想了想，难。但绝望总是不好的，那就希望这类的上上下下，先唤回良心，然后想想受害受骗的，也知惭愧吧。

梦的杂想

　　我老伴老了，说话更惯于重复，其中在我耳边响得最勤的是：又梦见什么人在什么地方，清清楚楚，真怕醒。对于我老伴的所说，正如她所抱怨，我完全接受的不多，可是关于梦却例外，不只完全接受，而且继以赞叹，因为我也是怕梦断派，同病就不能不相怜。严冬无事，篱下太冷，只好在屋里写——不是写梦，是写关于梦的胡思乱想。

　　古人人心古，相信梦与现实有密切关系。如孔子所说，"久矣吾不复梦见周公"，那就不只有密切关系，而且有治国平天下的重大密切关系。因为相信有关系，所以有占梦之举，并进而有占梦的行业，以及专家。不过文献所记，梦，占，而真就应验的，大都出于梦与现实密切相关的信徒之手，如果以此为依据，以要求自己之梦，比如夜梦下水或缘木而得鱼，就以为白天会中奖，是百分之百要失望的。

也许就因为真应验的太少或没有，人不能不务实，把梦看作空无的渐渐占了上风。苏东坡的慨叹可为代表，是"人间如梦，一尊还酹江月"。如梦，意思是终归是一场空。不知由谁发明，一场空还有教育意义，于是唐人就以梦的故事表人生哲学，写《枕中记》之不足，还继以《南柯太守传》，反复说明，荣华富贵是梦，到头来不过一场空而已。显然，这是酸葡萄心理的产物，就是说，是渴望荣华富贵而终于不能得的人写的，如果能得、已得，那就要白天忙于鸣锣开道，夜里安享红袖添香，连写的事也想不到了。蒲公留仙可以出来为这种看法作证，他如果有幸，棘闱连捷，金榜题名，进而连升三级，出入于左右掖门，那就即使还有写《续黄粱》之暇，也没有之心了。所以穷也不是毫无好处，如他，写了《续黄粱》，纵使不能有经济效益（因为其时还没有稿酬制度），总可以有，而且是大的社会效益。再说这位蒲公，坐在"聊斋"，写"志异"，得梦的助益不少，《凤阳士人》的梦以奇胜，《王桂庵》的梦以巧胜，《画壁》的梦级别更高，同于《牡丹亭》，是既迷离又实在，能使读者慨叹之余还会生或多或少的羡慕之心。

人生如梦派有大影响。专说梦之内，是一般人，即使照样背诵"久矣吾不复梦见周公"，相信梦见就可以恢复文、武之治的，几乎没有了。但梦之为梦，终归是事实，怎么回事？常人的对付办法是习以为常，不管它。自然，管，问来由，答，使人人满意，很不容易。还是洋鬼子多事，据我所知，弗洛伊德学派就在这方面费了很多力量，写了不少这方面的文章。以我的孤陋寡闻，也买到过一本书，名《论梦》（*On Dream*）。书的大意是，人有欲求，白日不能满足，憋着不好受，不得已，开辟这样一个退一步的路，在脑子里如此这般动一番，像是满足了，以求放出去。这种看法也许不免片面，因为梦中所遇，也间或有不适意的，且不管它；如果可以成一家之言，那就不能不引出这样一个结论：梦不只是空，而且是苦，因为起因是求之不得。

　　这也许竟是事实。但察见渊鱼者不祥，为实利，我以为，还是换上另一种眼镜看的好。这另一种眼镜，就是我老伴经常戴的，姑且信（适意的）以为真，或不管真假，且吟味一番。她经历简单，所谓适意的，不过是与已故的姑姨姐妹等相聚，谈当年的家常。这也好，因为也是有所愿，白日不得，梦中得了，结果当然是一厢欢喜。我不懂以生理为基础的心理学，譬如梦中见姑姨姐妹的欣喜，神经系统自然也会有所动，与白日欣喜的有所动，质和量，究竟有什么不同？如果竟有一些甚至不很少的相似，那我老伴就胜利了，因为她确是有所得。我在这方面也有所得，甚至比她更多，因为我还有个区别对待的理论，是适意的梦，保留享用；不适意的，判定其为空无，可以不怕。

但是可惜，能使自己有所得的梦，我们只能等，不能求。比如渴望见面的是某一位朱颜的，迷离恍惚，却来了某一位白发的，或竟至无梦。补救之道，或敝帚化为千金之道，是移梦之理于白日，即视"某种"适意的现实，尤其想望，为梦，享受其迷离恍惚。这奥秘也是古人早已发现的。先说已然的"现实"。青春浪漫，白首无成，回首当年，不能不有幻灭之感，于是就想到"过去"的适意的某一种现实如梦。如杜牧的"十年一觉扬州梦"，周邦彦的"沉思前事，似梦里，泪暗滴"，就是这样。其后如张宗子，是明朝遗民，有商女不知之恨，这样的感慨更多，以至集成书，名《陶庵梦忆》和《西湖梦寻》。再说"想望"。这虽然一般不称为梦，却更多。为了避免破坏梦的诗情画意，柴米油盐以至升官发财等与"利"直接相关的都赶出去。剩下的是什么呢？想借用彭泽令陶公的命名，是有之大好、没有也能活下去的"闲情"。且说这位陶公渊明，归去来兮之后，喝酒不少，躬耕，有时还到东篱下看看南山，也相当忙，可是还有闲情，写《闲情赋》，说"愿在衣而为领，承华首之余芳"，等等，这就是在做想望的白日梦。

某些已然的适意的现实，往者已矣，不如多说说想望的白日梦。这最有群众基础，几乎是人人有，时时有，分别只在于量有多少，清晰的程度有深浅。想望，不能不与"实现"拉上关系，为了"必也正名"，我们称所想为"梦思"，所得为"梦境"。这两者的关系相当奇特，简而明地说，是前者总是非常多而后者总是非常少。原因，省事的说法是，此梦之所以为梦。也可以费点事说明。其一，白日梦可以很小，很渺茫，而且突如其来，如忽而念及"雨打梨花深闭门"，禁不住眼泪汪汪，就是这样。但就是眼泪汪汪，一会儿听到钟声还是要去上班或上工，因为吃饭问题究竟比不知在哪里的深闭门，既质实又迫切。这就表示，白日梦虽然多，常常是乍生乍灭，还没接近实现就一笔勾销了。其二，还有更重要的原因，是实现了，如有那么一天或一时，现实之境确是使人心醉，简直可以说是梦境，不幸现实有独揽性，它霸占了经历者的身和心，使他想不到此时的自己已经入梦，于是这宝贵的梦境就虽有如无了。在这种地方，杜老究竟不愧为诗圣，他能够不错过机会，及时抓住这样的梦境，如"夜阑更秉烛，相对如梦寐"所写，所得真是太多了。

在现实中抓住梦境，很难。还有补救之道，是古人早已发明、近时始明其理的《苦闷的象征》法，即用笔写想望的梦思兼实现的梦境。文学作品，散文，诗，尤其小说、戏剧，常常在耍这样的把戏，希望弄假成真，以期作者和读者都能过入梦之瘾。这是妄想吗？也不然，即如到现代化的今日，不是还不难找到陪着林黛玉落泪的人吗？依影子内阁命名之例，我们可以称这样的梦为"影子梦"。

歌颂的话说得太多了，应该转转身，看看有没有反对派。古今都有。古可以举庄子，他说"古之真人，其寝不梦"。由此推论，有梦就是修养不够。但这说法，恐怕弗洛伊德学派不同意，因为那等于说，世上还有无欲或有而皆得满足因而就不再有求的人。少梦是可能的，如比我年长很多、今已作古的倪表兄，只是关于睡就有两事高不可及，一是能够头向枕而尚未触及的一瞬间入睡，二是常常终夜无梦。可是也没有高到永远无梦。就是庄子也没有高到这程度，因为他曾梦为蝴蝶。但他究竟是哲人，没有因梦而想到诗意的飘飘然，却想到："不知周之梦为蝴蝶与？蝴蝶之梦为周与？"跑到形而上，去追问实虚了。道不同不相为谋，我们只好不管这些。

今的反对派务实，说"梦境"常常靠不住，因而也就最好不"梦思"。靠不住包括两种情况：一是"当下"，实质未必如想象的那么好；二是"过后"，诗情画意可能不久就烟消云散。这大概是真的，我自己也不乏这样的经验。不过话又说回来，水至清则无鱼，至清也是一种梦断。人生，大道多歧，如绿窗灯影，小院疏篱，是"梦"的歧路，人去楼空，葬花焚稿，是"梦断"的歧路，如果还容许选择，就我们常人说，有几个人会甘心走梦断的歧路呢？

旧迹
发微

有明天，我就期待着看明天的晨光，接受明天的温暖。

晨　光

习见之景，用自己的心灵之秤衡量，像是可以分为两类：一类量很大，殆等于视而不见，例俯拾即是，近如室内的桌椅，远如板块状的林立高楼，等等，都是；另一类量不大，入目，不只见，而且会随来这样那样的情思，例也可以找到一些，其中排在首位的，专说我的一己之私，是晨光。

晨光指东方发白到太阳浮出地面那一段时间目所见的大景观。这景观有变化。以年为背景，冬夏差别最大，冬，晨光来得晚；夏，晨光来得早。以月为背景，月的有无、圆缺、位置，日日不同。一日，以起床早晚为背景，早，有稀疏的星光闪烁；晚，星就隐去。总之，都是晨光，也就都能引起这样那样的情思。情思，无形，以佛家所说五蕴的"识"来捉，也是恍兮惚兮，何况还有这样那样的杂乱，怎么说呢？不得已，只好用以事系情之法，主要说事。事与晨光的关系，也苦于多而不很清晰，挑挑拣拣，想只说两类，哲理的，家常的；家常的还可以分为两种，总结起来就成为三种。

先说哲理的，是由辨析逻辑的归纳法来。我当年未疯学疯，念穆勒，念休姆，念罗素，才知道围绕着归纳法，也可以提出疑问。穆勒的疑问是枝节的，他在所作《逻辑体系》里说，如果能够知道什么样的事例可以推出正确的归纳判断，什么样的事例不能，他就是最聪明的人。这样说，他是承认自己还办不到，但至少是理论上，也可能办到。可是到休姆和罗素手里，疑问就成为根本的，那是：归纳判断的可靠，要以自然齐一（永远如此运行，不变）为条件；何以知自然是齐一的？由于信赖归纳判断（赵大、钱二、孙三、李四都死，所以人都要死，等等，由部分如何推断整体如何），这就成为连环保，其结果必是都靠不住。记得他们还以明天太阳一定出来为例，也说是来于归纳判断，并非绝对可靠。这使我的思绪变为哲理和家常两半。万分之九千九百九十九是家常，如傍晚，我从众到奶站去取牛奶，因为不疑惑明天必来，就还要吃牛奶。问题是还有那万分之一，通常是早起，忽然瞥见晨光的时候，哲理就闯进来，像是电光一闪，引来感慨万千。这感慨，化为疑问是，难道我们的宇宙真是规规矩矩，可以永远托靠的吗？如果竟是这样，我们就应该感谢吧？感谢谁呢？可惜我们不能知道。就这样，我常是始于怀疑，终于慨叹，慨叹存在的神秘、己身的微弱。

再说家常的，先前一种。事非一，只说一次印象最深的。还是二十年代后期，在通县念师范的时候，照例于旧腊月中旬放假，回家乡过年。其时还未改革开放，过年是大事，也是乐事，闲中忙，要买这个买那个，贴这个贴那个，还要听鞭炮声，"今年元夜时"追花会，看红男绿女。语云，没有不散的筵席，终于开学的日期近了，只得准备走。只有京津公路上有长途汽车，最近的河西务站离家三十里，要九时以前赶到，用驴代步，起程就必须在六时以前。起程了，照例是借西邻王家的驴，我呼之为韩大叔的长工送。天很黑，出村，几乎对面不见人。走出六七里，到村名大新庄的南侧吧，韩大叔牵着驴在前面走，我步行跟着，忽然觉得昏暗的程度稍减。我停住，转身，看到东方露出一线微明。由微明反衬，参照新学来的一点点天文地理知识，用目光远扫上下左右，然后缩到脚下，清楚感到，原来我们置身于其上的大地，真是个飘动的圆球。它在向日光那一方转动，无知觉，无目的。我呢，与它相比，太渺小了，也在动，却有知觉，这有什么意义呢？我想到明天，因不知道明天怎么样而惶惑。就这样，村野的晨光曾经使我感到人生的渺茫。

接着说家常的后一种。想哲理，慨叹人生，都是远水不解近渴。正如列子御风而行，虽然"泠然善也"，旬有五日，还是不得不返。我也这样，虽然也曾心逐白云而飞往天边，但天边是不能起火做饭的，于是不得不敛翅落地，仍然公则阿弥陀佛，私则柴米油盐。而一晃就到了庄子所谓"佚我以老"的时期。佚是好的理想，但能佚要有条件，专说主观方面，低级的是"不识不知，顺帝之则"，高级的是"回坐忘矣"。这些可意的造诣，我都做不到，于是也就只好安于不佚。佚的反面是忙，忙什么呢？只说一种唯心而最放不下的，是感到枯寂，说具体些是心情有如行沙漠中，渴望遇到绿洲芳草。记得是弗洛伊德学派的理论，人是日有所思，不得，夜就有所梦。庄子说："古之真人，其寝不梦。"我不是真人，多有所思，所以入睡必有梦。遗憾的是，梦经常是杂乱的，远离现实的，也就大多是不可意的。我很希望有个可意的"犹恐相逢是梦中"的梦。而有那么一次，我就真入了这样一个梦，真切，细致，简直是梦的现实，使我惊异。可惜的是，和往常一样，梦断之后，情境同样的迷离恍惚；只记得当时想㲰韵语抒情怀，苦思不得，只好略改贺方回句，默诵云："凌波一过横塘路，渐目送、芳尘去。"就是这次梦断之后，我早起出门，望见几颗疏星闪烁的晨光，心里感到热乎乎的，因为确认，在这样的晨光的映照之下，我的生活还不少温暖，并且，今天之后一定还有明天。有明天，我就期待着看明天的晨光，接受明天的温暖。

柳如是

　　江南某出版社喜欢印些过时而还有人想看可是不容易找到的书，有一次问我，在这方面有没有什么想法。我出于个人的私见，推想也会有不少同道，建议他们选印些旧时代闺秀著作，整理加注，如柳如是、吴藻、顾太清之流；如果一个人的不能充满篇幅，那就请她们合伙，两个人，或者三四个人，合印一本，销路也许不会很坏。没想到出版社的主事者也是同道，欣然接受之余，还用请君入瓮法，希望我勉为其难。只是我年事已高，不再有出入图书馆善本室的余力，望洋兴叹，致歉意之后辞谢了。辞谢，校注一事结束，可是心情留个尾巴，常常想到柳如是。多疑的人也许要问，是不是因为她是女士而不是男士？也是也不是。是，因为男士，束发受经，能诗善画，不稀奇；不是，因为南明的有名女士，如见于余怀《板桥杂记》的顾媚、李十娘之流，容貌是在柳如是之上的，只是艳丽之外少其他成就，我就没有想到她们。

想到柳如是，也是由来远矣。远到什么程度，难于查寻，大概总不晚于上大学时期，在故纸堆里翻腾这个那个的时候吧？记得的是喜欢搜罗专讲她的书。可怜，只得三种。其一是《柳如是事辑》，集抄清代各种文献中的旧文，署"雪苑怀圃居士录"，三十年代初文字同盟社印。其二是陈寅恪先生晚年的大著，三卷本的《柳如是别传》，一九八〇年上海古籍出版社出版。其三是《柳如是杂论》，周采泉著，一九八六年江苏古籍出版社出版。

借用买椟还珠的古典，以上三种应该算作椟，因为出于他人之手。出于自己之手的才是珠。这又可以分为高低两类。先说低的，是传世的著作，计有三种。其一为《戊寅草》，收古今体诗一〇六首，词三十一首，赋三篇，为戊寅年（明崇祯十一年，一六三八年，作者依旧算法为二十一岁）陈子龙所刻。其二为《湖上草》，收古今体诗三十五首，与汪然明（名汝谦）尺牍三十一通，己卯年（崇祯十二年）汪然明所刻。其三为《柳如是诗》，收古今体诗二十九首，为明清间邹绮所录，不知曾否刊印。三种都是柳如是二十岁略过时物，及身见之，算作珠，推想不会有人不同意。还有高等的珠，或称明珠，是手迹。见诸影印的有字，有画，如果并非赝品，虽然为数不多，也总可以使惯发思古之幽情的过一次发的瘾了。然而可惜，不要说明珠，就是珠，也只是在少数著名图书馆的善本室里才能见到，像我这样不能克服精力少、行路难双层困难的人，就真是只能望洋兴叹了。

补救之道是想想，也谈谈。从辩解的话谈起。为什么单单谈她？原因很简单，是稀有。理由，不同的人用不同的眼，会各有所见。陈寅恪先生的《别传》长达八十万言，论证这位河东君有复明的大志，如果真是这样，这是举节之最大者。还可以缩小。以时间为序，先是婚姻，经过一些周折，终于自抛红丝，系在钱牧斋（名谦益）的足上。钱牧斋是何如人？当时看，无论学问还是社会地位，都是第一流的，唯"二"的遗憾是面黑而年长（崇祯十四年成婚，柳二十四岁，钱六十岁）；现在看，才和学也是拔尖儿的。再说生命的结束，据说钱牧斋于清康熙三年（一六六四年）归天之后，族人钱曾（即著名藏书家钱遵王）等想趁火打劫，靠柳的机智果断，自缢于荣木楼，才解救了家难。这些理由，我同意也罢，不同意也罢，都不想说。只想说说我认为最值得说说的，是这样的才女，至少在流传的文献中，确是很难见到的。

中国历史长，才女当然不会少。但这里却要左一些，先查明出身后作结论。随便说几位。班昭补写《汉书》，了不得，父亲是班彪，大史学家。蔡文姬，父亲是蔡邕，无所不通的大学者。谢道韫，仅仅"柳絮因风起"五个字就戴上才女的桂冠，出身更不得了，谢安的侄女，王羲之的儿媳妇。李清照，父亲是李格非，写《洛阳名园记》那一位。再晚，举个与柳如是同时代只比她大两岁的，是吴江叶小鸾，死时才十七岁，已经写了不少好诗，字也很好，查家世，父亲是叶绍袁，进士，有名的文人，母亲沈宛君，以及两个姐姐，都是诗人。柳如是就大不同。幼年怎么样，不清楚，想来不是出于富厚和书香，因为挑帘出场，身份是下台宰相周道登家的婢妾。十五岁被赶出，卖与倡家，以后就以高级妓女（近于现代的不检点的交际花）的身份在松江一带转徙，诗词和尺牍都是这个时期写、这个时期刻的。写，不读书不成，读而不多不熟也不成，这样的生活环境，时间又这么短，可能吗？但是据说，她熟悉六朝典籍，重要的几乎都能背。其实还不只六朝，例如嫁钱牧斋之后，钱选编《列朝诗集》，据说其中闰集的"香奁"部分是出于她之手。被动居下流，看着别人的眼色过日子，能够有志于学，而就真读，真写，真就有了不同于一般的成就，说是奇才总不算过分吧？

谈闲话，时间不宜拖得过长，关于成就，诗词只好不说，只说说我最感兴趣的尺牍。为了读者诸君能够先尝后买，损之又损，先抄三通看看：

接教并诸台贶，始知昨宵春去矣。天涯荡子，关心殊甚。紫燕香泥，落花犹重，未知尚有殷勤启金屋者否，感甚！感甚！刘晋翁云霄之谊，使人一往情深，应是江郎所谓神交者耶？某翁愿作交甫，正恐弟（自称）仍是濯缨人耳，一笑。（第四）

鹃声雨梦，遂若与先生为隔世游矣。至归途黯瑟，惟有轻浪萍花与断魂杨柳耳。回想先生种种深情，应如铜台高揭，汉水西流，岂止桃花千尺也。但离别微茫，非若麻姑、方平，则为刘、阮重来耳。秋间之约，尚怀渺渺，所望于先生维持之矣。便羽即当续及。昔人相思字每付之断鸿声里，弟于先生亦正如是。书次惘然。（第七）

枯桑海水，羁怀遇之，非先生指以翔步，则汉阳摇落之感，其何以免耶？商山之行，亦视先生为淹速尔。徒步得无烦屐乎？并闻。（第八）

这样的手笔，评价，宜于两面夹攻。一面是看文，这是地道晋人风味。钱牧斋是以长于尺牍闻名的，可是与这位河东君相比，就显得古雅有余而飘逸不足。另一面是看人，是个二十上下的下层女子。两方面相加或对比，说作者不仅才高，而且独一无二，总不是过誉吧？

对于这样一位独一无二的才女，女士者流有何感触，我不清楚；至于男士者流，那就很容易于思古之幽情以外，再来点或深或浅不好命名的情。何以言之？且不旁征博引，也有陈寅恪先生可以出来作证。陈先生很坦率，说撰《别传》的起因是得一粒产于红豆山庄（钱柳所住别墅之一）的红豆。人所共知，红豆的另一个名字是相思子，所以凡咏红豆的都由相思下笔，如选入《唐诗三百首》的王维诗，连诗题都用《相思》，诗曰："红豆生南国，春来发几枝？愿君多采撷，此物最相思。"陈先生为红豆，并解说为河东君立传因缘，也作诗，诗为七律，题目是《咏红豆》，尾联云："灰劫昆明红豆在（昆明义双关，一是此豆得于云南昆明，二是劫灰见于汉武帝掘昆明池），相思廿载待今酬。"（见《别传》第一章《缘起》）不只也提及相思，还外加"廿载"。二十年挂心，显然是因为钦慕已经上升为"倾倒"。所以这样说，有柳词一首及其影响为证。这首词，调是《金明池》，题是《咏寒柳》（不见《戊寅草》），全抄如下：

> 有恨寒潮，无情残照，正是萧萧南浦。更吹起，霜条孤影，还记得，旧时飞絮。况晚来，烟浪迷离，见行客，特地瘦腰如舞。总一种凄凉，十分憔悴，尚有燕台佳句。
>
> 春日酿成秋日雨，念畴昔风流，暗伤如许。纵饶有，绕堤画舸，冷落尽，水云犹故。忆从前，一点东风，几隔着垂帘，眉儿愁苦。待约个梅魂，黄昏月淡，与伊深怜低语。

词抄完，谈影响，这只要照抄"陈寅恪先生文集总目录"（见上海古籍出版社《陈寅恪文集之一》开卷），然后对比，即可恍然。只抄有关的前三种：

一　寒柳堂集

二　金明馆丛稿初编

三　金明馆丛稿二编

寒柳，金明，都拉到身边，作为居室之名，不会是巧合吧？陈先生还有更坦率的话，见于赠吴雨僧（名宓）的诗，是"著书唯剩颂红妆"，这红妆之一当然是柳如是。还有另一位，是写弹词《再生缘》的陈端生，可是厚薄有别，因为

《论再生缘》连校补记才七万言，还不到《别传》的十分之一。

其他文都放下，只颂红妆，好不好？如果是程、朱、陆、王及其门下士，大概就要疾首蹙额吧？至于一般男士，我想，人总是人，为天命所限，对于稀有的才女，就难免，或无妨，有所思，有所愿，甚至有所爱，或更进一步，拿起笔，颂。爱，颂，兼挖掘所以如此的来由，可以冠冕，如政治性的复明大志之类；也可以不冠冕，那就是桓大司马的尊夫人所说，我见犹怜。在这种地方，我宁愿行孔门的恕道，对于不管复明大志而犹怜的诸位，包括自己在内，是一贯起于怜悯而归结为谅解的。

剥啄声

剥啄是轻轻的叩门声。这是我的领会，辞书只注叩门声，叩门，因人或心情的不同，声音自然也可以不是轻轻的。且说我为什么忽而想起写这个呢？是一年以来，也许越衰老心情反而不能静如止水吧，有时闷坐斗室，面壁，就感到特别寂寞，也就希望听到剥啄声。但希望的实现并不容易，于是这希望就常常带来为人忘却的怅惘。常人，活动于世间，入室卧床，出门坐车，东西南北，南北东西，已经够繁冗够劳累了，却还愿意，哪怕是短时，住在有些人的心里，所以为人忘却，纵使只是自己的想象，也是很难堪的。总之我喜欢剥啄声，就想说说与这有关的一些情况。

叩门，还会牵扯到好不好的问题。这是"推敲"的古典，由韩愈和贾岛来。传说贾作了"僧推月下门"的诗，想换"推"为"敲"，自己拿不准，问韩愈，这位文公说是"敲"好。这故事最早见于五代何光远《鉴诫录》，可谓语焉不详。比如此僧确知院内无人，用"敲"字就说不通了。如果有人，且不是自己的小庙，不敲就等于破门而入，何况是僧，惊了内眷，岂不大煞风景？所以为慎重，韩文公的选择是对的。

叩门也可以不用剥啄，用语声代，通常称为叫门。据我所知，这比剥啄适用的范围窄，具体说是要很熟，用不着客气。故友世五大哥有个时期住在宣南某巷，萧长华的隔壁，近午夜常听见萧散戏后叫门，"开门来！开门来！"声音高而清脆。因为这是自己的家。略次一等，很近的朋友，也可照办，如"老李，开门！"主人不以为忤，反而显得亲热。

更常见的是兼用，先剥啄，紧接着叫主名，如老张老李，张先生李先生之类。剥啄而兼发声，有暗示"我是某某"之意，似叠床架屋而并没有浪费。

门有远近，有高低，叫法因而也就有不同。我幼年住在乡村，故家有外、里、后三个院落，外院不住人，所以夜晚回家，就要重掌拍门，以求里院人能够听到。这还可以名为剥啄吗？为了保存剥啄的诗意，我是不愿意它兼差的。高门指富贵之家，照例有司阍人，叩门就要小心谨慎，因为声音过小他会听不见，过大他会不耐烦。幸而多年以来，我间或须叩门，都是近而低的，能否听见，是否耐烦，就可以不费力研讨了。

叩门声大而急，会使人感到是出了什么意外。这不是神经衰弱，有无数事实为证。为了取信于人，甚至可以举自己的，一生总有两三次吧，开门看，不速之客都是携枪的。但幸而都转危为安了。可是杯弓蛇影，就宁可把叩门声分为两类，使"剥啄"独占"轻轻"一义。我喜欢的就是这轻轻的剥啄声。

何以故？深追，恐怕仍是，用哲人语说，《庄子》的"天机浅"；用常人语说，《世说新语》的"未免有情"。说到情，不只程、朱、陆、王，一些身在今而心在古的人也会"小吃一惊"。依常习，耳顺以上可以称为老，总当"莫向春风舞鹧鸪"了吧？我的体验不是这样。理由有浅一层的，是，忘情是道和禅的共同理想，而理想总是与实际有距离的，所以庄子过惠子之墓，还有"吾无与言之矣"之叹，六祖慧能说得更入骨，是"烦恼即是菩提"。这是说，忘情非人力所能，或所需。还有深一层的，是就应该安于实际，用旧话说是"天命之谓性，率性之谓道"，用新话说是，人生只此一次，矫情不如任情，那就感时溅泪，见月思人，也未尝不好。

溅泪，思人，都是由于爱恋。爱恋会带来苦。想彻底避苦是哲人，听之任之是常人，常人的一部分，觉得苦的味道也值得甚至更值得咀嚼，是诗人。哲人的奢望，我理解，可是不想追随，因为由理方面考虑，大道多歧，由情方面考虑，自知必做不到。这是说，我命定是常人，而且每下愈况，有时想到诗人的梦和泪而见猎心喜。显然，这就会走上反道和禅的一条路，也就是变少思为多有想望。想望什么？总的说是世间的温暖。温暖总是由人来，所以有时读佛书，想到有些出家人的茅棚生活，心里就不免一阵冰冷。我不住茅棚，说冰冷也许太重，那就说是寂寞吧。

不记得是谁的话，说"风动竹而以为故人来"，这表述的是切盼之情。终于来了还是没来呢？不知道。杜工部的处境就更下，而是"寻常车马之客，旧'雨来，今'雨不来"，绝望了。这切盼和绝望的心情，我也经历过，而且次数不少。这就又使我想到剥啄声，因为它常常能够化枯寂为温暖。

说常常，因为，限定我自己说，剥啄声也有多种，布衣或寒士范围内的多种。加细说还可以分为人有多种，事有多种。另外还有个大分别，是不速之客和估计会来或约定会来的，不速之客会破除寂寞，而沉重的寂寞总是来于估计会来（包括有约）而至时不来或终于未来的。这估计会引来殷切的期望。期望的是人，但比人先行的是剥啄声。试想，正在苦于不知道究竟来还是不来的时候，忽然听到门外有剥啄声，轻而又轻，简直像是用手指弹，心情该是如何呢？这境界是诗，是梦，借用杜工部的成句，也许正是"此曲只应天上有，人间那（哪）得几回闻"吧？

笑

近日来几次照相，手持相机的，按什么钮之前，都要求"笑一下"。我感到费力，更怕造作的笑脸不自然，欲求美观反而加倍难看。何以笑脸就美观，或讨人喜欢？又犯了书呆子的病，喜蝴蝶、厌苍蝇一类小事也想明其所以然，对于与人生有不解之缘的"笑"，就更愿意贴近身，前后左右看看。而一看才发现，原来这轻易的破颜，其中竟也是千头万绪。又是"难言也"，想勉为其难，试试。

大致说，也只是大致说，笑表示的是"喜悦"的心态。这种心态还可以加深说，是感到舒适。这种感受仍可以加深说，是利于生命的绵延和扩充。绵延和扩充有什么好？我们不知道，只能说一句"天地之大德曰生"。喜悦的对面是"悲痛"，根据以上的追根问底法，就可以说，它是来于不舒适，不利于生命的绵延和扩充。这里的重要事实是世间有笑，即有喜悦和舒适。说重要，是因为，常识方面，它就使无限的常人的乐生有了现实的基础；哲理方面，它就使佛家的人生是苦的看法显得片面。其实，就是佛家，世尊拈花，迦叶微笑，可见也不总是愁眉苦脸的。那笑是以心传心，就"形式"说，与才子、佳人间的并没有两样。

适才说"大致说"，因为笑也有不表示喜悦的，或不单纯表示喜悦的。这有"冷笑"，有"苦笑"，还有更大户，是《庄子·秋水》篇所说"吾长见笑于大方之家"的表"轻蔑"的笑。笑如今日的有权有势者，多兼差，好不好？如果上帝不懒，最好还是多设置些活动形式，各司其事，不兼差。但上帝既已不勤，我们也就只能接受既成事实，见到笑，分辨是乐笑还是苦笑。费点事也好，比如笑是发自意中人，多用心思猜测，聚会的时间就像是可以拉长一些。

这条歧路还会岔出去更远，成为"假笑"。提起"假"，我有个自信为几乎可以申请专利的高见，是，如果我们承认祖传的牛皮"人为万物之灵"不假，这不假的最有力的证明就是最善于做假。假酒、假药、假记者等等无论矣。还有不少合理合法的，日日见，时时见，如佳人脸上的蛾眉、红唇等皆是也。但既已合理合法，也就可以不说。还是文不离题，说假笑。假笑都是表演，但可以分为两大类。一大类是演员依脚本所述说，导演所要求，虽心里不喜悦而发笑。这是技术，优点是要什么有什么，缺点是科介惯了，下台后的笑，至少由怀疑主义者看，也会减色。另一大类是不依脚本，没有导演摆布，出于自己内心的安排，本不喜悦而现出笑容。这类的假笑，最典型的是商业化的，所谓"卖笑""买笑"是也。撇开演员表演的笑不计，日常生活中的假笑，在笑中也是族属最繁杂的。比如也有意不在骗人的，商店售货员，依照店里的服务规定，用笑脸对顾客便是。还有意在骗人，但可以谅解的，如背完语录，谈体会，说心得，就宜于满面春风，这是表演，出于不得已，就是宋儒，也当视为无伤于心术吧？假笑的绝大多数会有伤于心术，因为对人不是推心置腹。这方面还有发展到顶天的，如唐朝的李义府，人说他笑中有刀，就是此类。

响应世间的扫除伪劣，关于笑，我们也应该只谈货真价实的，即真的发自内心的笑。这类真笑，因时、地、人、事的不同，会表现为各式各样。时指时代，比如汉朝的燕瘦，唐朝的环肥，在皇帝跟前都要笑，推想风神虽大同而难免小异，可惜我都没见过，只好存而不论。地呢？住在浣花溪畔的，与住在苏州河畔的，同样接到意中人的信，笑的风神也会有别吧？学乾嘉学派，无征不信，也只好存而不论。剩下人和事，人有焦大和秦钟之别，事有金榜题名与钓得一条鲫鱼之别，笑之声容就更会千变万化。只好躲开具体而趋向概括。笑有大型的，如狂笑、大笑，文言所说至于绝倒之类是也。有小型的，微笑、浅笑、莞尔之类是也。大笑、微笑，可以因人而不同，举小说中的人物为例，推想鲁智深必不微笑，林黛玉必不大笑，纵使未必是不会。天之生材不齐，有的人宜于大笑，使人看到豪放；有的人宜于微笑，使人看到娴雅。也是天之生材不齐，举我亲见的三位女性为例，并以齿德为序。一位，六七十年代做街道工作，也许不会笑，给人的印象，总是绷着脸，气昂昂的，其实人未必厉害，却使人看到，心里不舒服。另一位恰好相反，七十年代在幼儿园工作，见人，总是满面笑容，路上遇见她，心里简直会吸取一些安慰。还有一位，八十年代晚期认识的，京剧旦角，不仅面上总像是在微笑，而且笑中含有些微的惆怅，因而给人的就不只是安慰，还有"似水流年"的诗意。以这三位为限看天命，这第三位，得之于天的总是太多了。

至此，我们似乎可以来个总而言之的断定，是人都是喜欢笑的，因为笑与幸福是近邻。遗憾的是笑要有来由（历史传说，有患笑疾的，例外），一般说，来由要等待，这就又离不开机遇。在这种地方，有不少人没念过《荀子》，却躬行人定胜天的主张。办法不少，枕上看《笑林广记》是，什么会上听侯宝林是，进戏院看演《双背凳》仍是；新时代还添了新花样，是仍在枕上，不看《笑林广记》而看侃的小说。人定胜天的办法，优点是价廉，比如"进步"到家家有电视机的时代，一按开的电钮，正好是马季、姜昆等在说什么，足不出户，听，换得的也是开口笑，岂不善哉。但也带来问题，只说两个。一个小，是来由多为俗话说的耍贫嘴，油滑而不深沉，轻飘而不质实。另一个大，是来由属于常识判定的愚笨、庸俗之类，破颜笑之，情绪中就不免掺有个人迷信，其意若曰，我高明，不会这样。古，尤其今，个人迷信，自以为了不得，有几个不是荒唐透顶的？所以，看马季、姜昆，纵使只是一笑便了，也应该反观乎己，诛心，而一诛心，失笑就可能立即变为失声吧？

求己笑，难得天衣无缝，再看看求别人笑。如果承认笑与幸福是孪生姐妹，则无论是依本土的孔子，"己欲立而立人，己欲达而达人"，还是依西方的边沁，"应该求最大多数人的最大幸福"，求别人笑都像是理所当然。然而又有例外，是周幽王的故事，用燃烽燧的办法骗诸侯勤王，引后妃褒姒一笑，以致最终败于犬戎，得个被杀的恶果。所以这理所当然又不得不加个条件，是真的为别人，不是转个弯为自己。有了这个条件，之后这个理就可以用作评价世间一切举措的标准：使自己以外的一个人笑，好；两个人笑，更好；无限的人笑，尤其好。这个评价标准当然也可以逆转用，是使自己以外的一个人难得笑，不好；两个人难得笑，更不好；无限的人难得笑，尤其不好。这个标准还有灵活性。小用，可以评价个人品德的高下：行为经常使相关的人笑的是君子（借用旧名），使相关的人难得笑的是小人。大用，可以评价大人先生们治平之道的是非：措施经常使治下的人民笑的，或主义或政策，是对的；使治下的人民难得笑的，不管口号喊得如何响亮，是错的。

治平之道是大事，谈大事就难免要板起面孔，与笑的性质不协调，所以应该立刻回到旧路，谈笑，而且决定不再泛论，改为反求诸己。上面说到，天之生材不齐，有的人多笑，有的人少笑，甚至不笑，我呢？我不帖花黄，也就几乎不对镜，目验的这条路行不通。闭目想想试试。应该着重幼年的，因为习染成分少，可以靠近本性。可惜是记忆力差，连个模糊的印象也抓不着。不得已，以常情推之吧，是也常与本村的顽童结伴，野外跑，总不会长此绷着脸的。时间不留情，很快到了成年，难得避免习染，择术不慎，稍后，走了看天道，看人心，问其所以然的路。

不得不沉思，而沉思，总是与笑距离很远的。这结果就是，亲近笑，只能用时间的零碎部分，如与诗人南星对坐，谈香文臭文，与世五大哥对坐，喝白干、吃小米面窝头之类。一九四九年之后，运动纷至沓来，尤其是"文化大革命"，今天扫地、请罪，还不知道明天会怎么样，人之常情，就欲笑而不可得了。但也清楚地记得，（值得）大笑竟有两次。一次是"永远健康"的副统帅，一夜之间竟变香为臭，因为在历史上成为空前，就不能不大笑。这是轻蔑性质的笑。还有一次，是胡作非为的女霸等人，也是出人"意表之外"，成为阶下囚，《天雷报》《奇冤报》，善有善报，恶有恶报，报报报，再加一报，是报之以大笑。这是解恨性质的笑。

"文化大革命"是变态，应该多注意常态，即平时，回顾一下，我是如何对待笑的。先人后己。翻开书本，我是怀疑主义者，甚至对于"天地之大德曰生"，我也认为，除了心所爱以外，我们实在找不出必须如此的理由。可是合上书本，过柴米油盐的日子，我就同街头巷尾的人一样，承认多有笑的机会，比多有哭的机会好得多。子曰，"仁者爱人"，也许出发点没有这样高，只是好行小惠，总之是我愿意看到人的笑脸，尤其是因我的善意善举而有的笑脸。只是很遗憾，换来笑脸的善举，常常不能单纯的唯心论，而我，正如子路所慨叹，生涯的绝大部分是"伤哉贫也"，因而心有余而力不足，所成就就颇为有限了。但反观乎己也要当仁不让，即终归要承认，用己力而使别人笑，这种愿望总是可取的。

再说用力求自己能笑，乃滔滔者天下皆是也，人人求，就必致出现荀子早就看到的问题，是"求而无度量分界，则不能不争，争则乱"（《荀子·礼论》）。所以也必须加个条件的限制，是不要影响别人的笑。这就可以回到己身，求开口笑，也要率自己之性。上面说，我择术不慎，多陷入沉思，这就命定求得笑的办法必很有限。比如不少人喜欢看各种形式的逗笑的表演，看了真就发笑，我则很少看，因为看了经常是皱眉而不是发笑。等而下之，街头欣赏行人吵架之类，我就更没有兴趣。还能有什么机缘呢？搜索枯肠，只能凑两种。一种还不是来自有意求，那是昔年，由旧书店书摊淘来旧书，抚摸，上架，确是能换来几番微笑。近些年连这条路也堵死，而无路找路，居然就创造了"自欺"的办法。所谓自欺，是自己勉励自己觉得有意思。更有幸是办法非一，有偏于物的，集各种可赏玩之物，置之案头或壁间是也；有偏于心的，由涂抹杂文到拼凑打油诗是也。

最后说说一大宗最珍贵的，是面对时看到的别人表示善意的笑。这时间最长，由免于父母之怀直到现在当下；人最杂，由龙钟到黄口，由有高名到不见经传，男男女女，也就数量很大。唯其数量大，就难得具体描述。或者可以概括一句，是看到三五尺外送来嫣然一笑，我就会感到，就是这个世间，冷酷之外也不少温暖，那就还是活下去，以期明天仍能见到这样的笑容。

该结束了，忽然想到，还有个有关笑的故事，或者竟是一个梦，语云，痴人说梦，也就想上追庄子，逍遥游之不足，还要说说变为蝴蝶。有人说，交友，同性与异性有别，大别是，日积为月，月积为年，年复一年，情生情长，同性有止境，异性无止境。我的想法，这定理要有个时间的限制，具体说是适用于红颜，却未必能同样适用于非红颜。我希圣希贤，四十而不惑，交友不少，其中少数是异性的。远近有程度之差，只说一位近的，由相知而互相关心，如果有测量心境的衡器，置诸其上，是否已经到了"发乎情"的程度呢？因为实际是没有这样的衡器，所以不能知道；但有一点是确切知道的，即必能"止乎礼义"。这发，这止，都来于本土的诗教。洋鬼子如弗洛伊德之流未受诗教的熏陶，乃至醉心于梦，说梦中逃脱白日的拘束，就胆量大了。于是未借吕仙翁仙枕之助，就像是入了梦境。我走向某处，这位异性的友人送，并排走，过一古寺的墙下，诵般若波罗蜜多，像是已不在此岸，就无妨问个此岸的问题，是："如果我们都单身，我求你，你会拒绝吗？"她轻轻地一笑，没有答话。就说是个梦吧，苏东坡词有云，"人间如梦"，似也可以倒转来，说"梦如人间"，那就把这种种看作真出现于人间，深藏着这一次的微笑过下去吧。

幻境和实境

　　偶然得小闲，从书柜里抽出杨绛译本《堂吉诃德》看看。抽这本而不抽其他，不是偶然，因为一，多年来对这部著作有偏爱；二，看其中的故事，我可以，纵使是暂时的，更快更干净地忘掉烦琐。提到偏爱，我不由得想起许多有关这部著作的旧事。最早是看林琴南的《魔侠传》，简化并改装，没多大意思。其后看过一折八扣书的半译本，书名和译者都不记得了；看过傅东华的译本。还买到过C. Jarvis的英译本，有一千幅插图，其中第三十七页有个全页图，画"桑丘·潘沙和驴"，由形见神，桑君自负而驴认真，不知为什么，我每次看到，总想也骑这样一头驴到野地逛逛，以过与鸟兽同群之瘾。话扯远了，且说这次翻看，一翻就翻到大战风车那个场面。依常情应该发笑。可是我没发笑，或者说，反而有些感伤。何以故？是旧病复发，抚今追昔，想到幻境与实境，其间藏着不少值得深思的问题。这问题既家常又玄远，宜于远话近说，就由堂吉诃德大战风车说起。抄译文有关部分：

这时候，他们远远望见郊野里有三四十架风车。堂吉诃德一见就对他的侍从说：

"运道的安排，比咱们要求的还好。你瞧，桑丘·潘沙朋友，那边出现了三十多个大得出奇的巨人。我打算去跟他们交手，把他们一个个杀死……"

……

桑丘说："您仔细瞧瞧，那不是巨人，是风车……"

……

他（堂吉诃德）说罢一片虔诚向他那位杜尔西内娅小姐祷告一番，求她在这个紧要关头保佑自己，然后把盾牌遮稳身体，横托着长枪飞马向第一架风车冲杀上去。他一枪刺中了风车的翅膀；翅膀在风里转得正猛，把长枪进作几段，一股劲把堂吉诃德连人带马直扫出去……

桑丘说："天啊！我不是跟您说了吗，仔细着点儿，那不过是风车。……"

照应本文题目，堂吉诃德是处在幻境中，桑丘·潘沙是处在实境中。依常见，是堂吉诃德错了，桑丘·潘沙对了。

情况就这样简单吗？恐怕不是这样。因为人生是复杂的，所求是多方面的，其中有些，像是缥缈，甚至节外生枝，却并不无力，或说更加迫切，可是难于在实境中找到，那就不能不借助于幻境。幻境有多种。有的离实境很远，如庄生梦的蝴蝶就是。由远处往近处移，可以是白日梦，可以是乌托邦思想，可以是渴想的常见于诗词、小说、戏曲中的境，可以是能实现而尚未实现的某种理想。还可以近到重合，如"犹恐相逢是梦中"所描述的就是，其特点为，就事说是稀有，就心说是惊异。稀有，惊异，表示幻境高于实境，说消极些是不干巴巴，说积极些是更可爱，更富于人生价值。这样说，大战风车场面的含义就不同了：主的幻境中有设想的情人，支持着向美妙的理想世界冲去；仆呢，却在耳边喊，那一切都是假的，只有幻灭才是真的。这是实境向幻境开炮，而如果实境得胜，那就情人和美妙理想都化为空无，也总当是不小的悲剧吧？

幻境是悬在空中的，很容易落在地上。这有如列子御风而行，旬有五日，仍须回家过柴米油盐的日子。御风而行是幻境，柴米油盐是实境，即幻灭。所以，为了避免幻灭，能够长此迷蒙也未必非福。秦始皇就是这样，自封为"始"，以为必能万世不绝，其后虽然不久就火烧咸阳，国玺易主，可是他已经不能知道，因而没有尝到幻灭的滋味。

由这个角度看，《堂吉诃德》的结尾就值得再考虑，因为它让这位主人公尝到幻灭的滋味。那是这样写的：

> 我从前成天成夜读那些骑士小说，读得神魂颠倒；现在觉得心里豁然开朗，明白清楚了。现在知道那些书上都是胡说八道，只恨悔悟已迟……那些胡扯的故事真是害了我一辈子；但愿天照应，我临死能由受害转为得益。……我以为世界上古往今来都有游侠骑士，自己错了，还自误误人。

明白了，悔悟了，也许真能得益吗？但终归是损失太大了，因为明白是用幻灭换来的。为了避免损失，至少我以为，不如保留幻境。那就可以这样写，只说向桑丘·潘沙说的那一点点：

> 桑丘朋友，我曾经许你做个海岛总督，老天爷不帮忙，到现在还没实现。但你要知道，骑士是不会说

了话不算数的。不久我们就第四次出行，有慈善的老天爷保佑，有最美的杜尔西内娅小姐保佑，我们很快就会征服一个王国，你得到的将是最大最富的海岛，不要忘了，带着你的华娜，去做海岛总督吧。

然后还说了不少使外甥女、管家妈、理发师等感到奇怪的话，才"直挺挺躺在床上""终于长辞人世了"。

我自知狂妄，竟敢改世界名著，使堂吉诃德至死不悔悟。但也是不得已也，因为我一直认为，夸张些说，实境有如沙漠，幻境有如绿洲，生也有涯，还难免有过多的干燥和冷酷，所以，如果有可能，就应该尽人力，求绿洲不完全被沙漠覆盖才好。

机　遇

　　一生跟我交往时间最长的裴大哥作古三年多了。时间最长，是因为始于民初的小学同学，终于八十年代的送他到八宝山。他比我年长两岁，不知为什么上学较晚，在小学跟我同班。毕业后到北京上一两年中学，因为父亲吸鸦片家道骤落，不得不改行，自食其力，挑担卖一种早点小吃杏仁茶。穷苦，结婚晚，这位嫂夫人身体很坏，长年与药锅为伴，五十多岁就提前移住西天。我们几乎一生同在一城，见面机会较多，其中绝大多数是在他的宣南住所共晚饭。他爽直开朗，虽然生活相当困顿，却总是眼观顺利或有希望的一面。晚间少事，喜欢喝一两杯酒，面红之后，谈天说地，大有燕市狗屠的慷慨气概。可是晚年小变，大概是也看到不顺利的一面吧，记得常常说："人不服老不成。""人不信命不成。"这两句都是深入生活的经验之谈，可是性质有别，借用《易经》里的现成话，前者属于形而下，后者属于形而上。形而上，根深，所以更值得慨叹。我的老友韩君，由我之介，也跟裴大哥很熟，对于这形而上的信命也有同感。但是他说，依照传统，命有迷信色彩，不如说是天性加机遇。我的领会，他说的天性和机遇，都在因果锁链之内，所以即使总括为不可抗的命，仍是科学的。这可以举例以明之。先说天性，不同的人受生之后，多方面千差万别，只说智愚和刚柔，如《出师表》中的诸葛亮与刘禅，智愚有别，《捉放曹》中的曹操与陈宫，刚柔有别，都是与生俱来，非人力所能左右。再说机遇，问题比较复杂，韩君的想法可能是，巧到室内有蝴蝶之梦，室外真就中了奖，都是前因必有的后果，同样没有什么回旋余地，也就没什么稀奇。但常人的常识未必这样领会，比如"他乡遇故知"，惊叫一声"太巧了"，至少是情绪上，必含有"偶然"之意。偶然不同于必然。那么，说起机遇，究竟是纯必然呢，还是纯偶然或含有偶然成分呢？问题太大，太复杂，但与人生关系密切，所以想"老骥伏枥"一次，碰碰。

先要说句泄气的话，生涯的由过去而现在，由现在而将来，所经历的大大小小，究竟都是必然还是也有偶然，我们闹不清楚。消极但并不无力的理由是，偏向哪一方的一言以蔽之都有困难。这里就由困难立论。先说不能不承认因果规律的普遍性和确定性。理由之一是有大量的事实为证；之二是我们难得离开它，试想，如果种瓜不能得瓜，种豆不能得豆，那还得了吗？谈到此，像是物理学胜利了，因为规律有一网打尽之力，连某时想作一首歪诗，作，得某字，都成为必然。但是同样与人生有密切关系的伦理学（或称道德哲学）不会同意，因为这样板滞，意志自由就无处安放，也试想，如果懒散不干事，或热心吃喝玩乐，甚至杀了人，都说是因果规律注定的，非主观能动性所能变动，那就勉励、责任、向上等等人类寄予希望的，都成为泡影了。显然，这里关键在意志的性质。我们主观觉得，至少是有时候，在岔路口，我们像是有任选其一的力量。但是因果论者会说，选这一条而不选那一条，也一定不是无因的，若然，就还是没有跳到因果规律之外。可是喜欢抬杠的人会更深追一步，说因果论还有不小的漏洞：一是最初因问题，说有说无都有理论的困难；二是没有办法证明，决不能出现新生因。公说公的理，婆说婆的理，一笔糊涂账，难于算清，只好不算。

那就躲开理论的一团乱丝，只用常识的眼看看机遇，或者说，不问其中有没有偶然成分，只说面对它，我们会有什么感受。显然，这要看机遇具体成什么样子，会产生什么影响。淝水之战，前秦强，东晋弱，可是强的败了，弱的胜了，是机遇，因此而得的感受，谢安的与苻坚的必大不同。缩小到个人，相差甚微的机遇会引来得失、苦乐、荣辱的大分别，感受也就会因之而大异。概括说，程度深的感受可以分为两类：一类是有幸，俗话所谓吉人天相；另一类是不幸，俗话所谓受命运的拨弄。自然也容许中间的，或大量中间的，如未刺绣文而倚市门，托终身，未得张三而得了李四，以至持票子上街，未买金项链而买了电子琴，得失苦乐，界限不明，回顾时也会一言难尽。这种种情况会汇聚成一种总的情况，即机遇的总的性质，是"它力量很大"而"我们无可奈何"。这也会引来感受，就我自己说是敬而畏之。何谓敬畏？《论语》有"畏天命"的话，天命只能顺受，人无可奈何，这是敬畏，不是恨畏。康德在《实践理性批判》中说："有两种事物，我们越深入地思索，就越生敬畏之感，那是天上的星空和心中的道德律。"这是更典型的敬畏。与康德的星空和道德律相比，机遇较下而零碎，可是力量像是更大，因为更切身，影响更显著。这需要进一步研究。以己身为本位，机遇还可以分为已然和未然两类，两类的重要分别是可知和不可知。这分别又会引来感受的不同。还是说我自己的，对于已然的，感受常常是惊奇加敬畏；未然的，感受常常是疑虑加敬畏。未然的，不可知，除坐待之外，没有多少话好讲；以下着重说已然的。

先说两种大的。一种是"地"，或说自然环境。生而为人，具有形和神，是生在冰岛还是生在赤道线上，自己不能选择，只能听从机遇。缩小到神州之内，是生在苏、杭还是生在北疆，也是自己不能选择，只能听从机遇。机遇有别，其下一连串的分别就随之而来，只说一种关系不大的，是食息于北地，听"吴娘暮雨萧萧曲"的机会就没有了。地的机遇中还含有天灾的机遇，其中最可怕的有火山、地震、决口之类，如一九七六年的唐山就是一例。另一种大是"时"，或说社会环境。翻阅历史，远的，有"时日害（曷）丧，予及女（汝）偕亡"的环境，有"天下之民皆引领而望之"的环境，其后，有战国百家争鸣的环境，有秦皇焚书坑儒的环境。再后，还有五胡乱华的环境，贞观之治的环境。环境不同，所受和所感就会大不同。但浅斟低唱也罢，痛哭流涕也罢，个人终归是渺小的，绝大多数，除了听从机遇的摆布之外，似乎很难找出其他办法来。

悲观气氛太浓了，又理太多，失之枯燥，还是赶紧回来谈闲话。换为说有关机遇的"事"。为了亲切，避免道听途说，只好现身说法。想由大而小，由近于常而真正巧，说三件，以略显示机遇的性状和神通，然后也许加点感慨，收场。

第一件，说说机遇使我走上如果容许思考、选择就未必肯走的路。为了不太拖长，由师范学校毕业时说起。念师范，理当的出路，或者还可以加上个人的愿望，是到小学当孩子王，每月可以拿大洋三四十，那年头，这个数目，既可以养家又可以肥己。我一九三一年暑假毕业，不记得是自己没奔走还是没有人肯要，总之是到该有着落的时候竟没有着落。又，师范学校毕业，照规定是不得及时考大学，可是这一年例外，却有法而不执行。于是我就由通县而北京，费大洋二元，报考北京大学和师范大学。北京大学考期在前，侥幸录取，于是由人生的岔路口走入北大红楼。这自然也会种瓜得瓜，种豆得豆。瓜、豆是什么？半个世纪以后拿起算盘，加加减减，不幸所得竟是三种轻则值得慨叹、重则值得涕泣的。一种是"穷"。《送穷文》不好作，也不宜于作，改用省事而形象之法，举例，比较。我的一位老友李君，有选定路线之明，很早就投笔从商，而不很久就肚子大了，额头放光了。我呢，多年来是殃及池鱼，连老婆孩子也衣不能暖，食不能饱。不幸中之幸是妻有入《列女传》之德，看见旁人家的亮堂堂、黄澄澄、软绵绵而居然不想下堂，有时反而表示一些怜悯之意。我当然感激，但总是不能免于内疚。另一种是"苦"。苦不少，只说一种感受最深的，是本不当涂抹而不得不涂抹。不当涂抹，因为自知写不出有利于国计民生至少是给痴男怨女一点点安慰的东西。而还要写，起因一言难尽。上面说到穷，稿酬有救穷之力，纵使微乎其微，0.0001 总比零大，这就有吸引力，或说强制力，于是就不能不拿笔。不幸这竟与吸纸烟、喝白酒有性相近之处，到不需要它换衣食的时候，它还是赖着不走，于是还是拿笔，写。所写幸而变成铅字，看到的人，少数有嗜痂之癖，又本之好话多说的古训，甚至也用铅字喝彩；但我深知确信，必有不少人是轻则皱眉、重则嘲骂的。此之谓费力不讨好，所以本质是苦。还有一种，貌似渺茫而分量更重，是"无归宿"，即深思冥索而终于不能心安理得。有人说，这是大家共有的缺憾，可以不计。我说不然，因为很多人是"虚其心，实其腹""不识不知，顺帝之则"，也就是不求而已经心安理得。这是幸运的，如果我不走入北大红楼，也就会轻易地混入这幸运的一群吧？不幸是受了北大求知求真精神的"污染"，不能安于"虚其心，实其腹"。于是也求。而很可怜，如我在旁处所说，终于未能如培根所推崇："始于怀疑，终于信仰。"始于疑，终于疑，而又不能不吃喝拉撒睡，这有时集中为感受，就成为迷惘，失落，空。不是佛家的求之不得的空，是常人的本不想空而没有着落，所以比佛家的所谓烦恼更加烦恼。总括以上，是我走错了路。何以会错？是机遇。机遇已然，能不能补救？我的经验，说说容易，行就大难。再现身说法一次。大概是半年以前吧，想起《读书》编者赵女士的一席话，是说她的光荣经历，在王府井，连续七年，一手捉刀，在店门外吆喝卖西瓜，我一时灵机一动，这山看着那山高，就提笔诌了一首打油诗，曰："欲问征途事，扬鞭路苦赊。仍闻形逐影，未见笔生花。展卷悲三上，寻诗厌六麻。何如新择术，巷口卖西瓜。"明白表示想改行，反赵女士之道而行。可是又二百天过去了，我不只没有改立巷口，而且仍在室内写不三不四的文章，因而就更不能不慨叹机遇的力量之大。

第二件，旁人之口，会说是属于吉人天相一类。一九七一年春天我干校结业，被动往京、津之间运河以东的故乡过两肩担一口的生活，其后几年都是乡居避暑，城居避寒。一九七六年，承友人南京郭君和苏州王君的好意，由四月中旬起，到南京、扬州、无锡、苏州、杭州转了一圈，费时一个多月。回北京以后，腿劳累，心像是更劳累，到该往乡居避暑的时候，忽然想破例，不去了。贤妻同意，因而两三句话就定下来。不久就是七月下旬，唐山大地震，后来听近邻说，只几秒钟我住的房子就倒塌，如果我回去，就必致埋在房顶之下，其后自然就是不幸遇难了。这也是机遇会有大影响的一例，现在想，如果那一年不作江南之游，那就不要说这本《续话》，就是前几年那本《琐话》，也就写不出来，因而也就不至尘有兴致听闲话诸君的慧目了。

第三件，无关紧要却巧得有意思。我有个同祖的表弟蓝君，中年在北京丰台以南大葆台汉墓旁的郭公庄落户，是十几年以前，我还有精力，想骑车兼郊游，到他家去看看。早饭后由海淀起程，南行二十多里到丰台北部。有岔路，不知道该怎么走。左近没有人，正在犹豫，由镇内来一个多半老的男士。我上前说明要往郭公庄，请求指点的意思。他既老练又认真，说："是郭庄子还是郭公庄，要分清楚。"我说："是郭公庄，没错。"以为他该指路了，他却岔出去，问到谁家去。我说姓蓝的。他紧接着的一句话使我大吃一惊，是："您姓张吧？"我说："是。您是谁？"他先是不说，过来就推车，然后说："到家再说。"我跟着到他家，喝着茶，才知道他是跟蓝表弟既幼年同村又在郭公庄共同经过商的孙君。我知道他，没见过，想不到这样遇见了。

三件事说完，不禁又总的想到机遇。糟糕的是我们既躲不开它，又管不了它。看来只能敬畏了。但畏，与"天行健，君子以自强不息"的精神不合，怎么办？强者或乐观者是知其性质而不畏，并以尽人力来扭转或补救。我呢，仔细想想，大概还是只能甘居下游，为庄子之徒，至少是明知无力扭转的时候，就"知其不可奈何而安之若命"吧。

失　落

　　我老了，同不少老年人一样，不免有青壮年没有甚至不理解的感触。有感触是"情动于中"，照《毛诗序》的想法，随着来的还有"而形于言"。言，偏于零碎的用口，偏于成套的用笔。古人云，"言之无文，行而不远"，化大道理为现前事，是写下来，何时有兴趣算旧账，就可以一五一十重复一遍。这里也想重复一遍，走上心头的也许不很少吧，而一时捉住的是两处。一处简捷明快，是若干年前所填《贺新郎》词里的一句，"白发冯唐真老矣"。另一处絮絮叨叨，说来就话长了。是两年以前吧，电视播了短连续剧《人到老年》，因为主角中有熟人韩善续，又表现的主旨是老年人的无着落之苦，于我心有戚戚焉，所以就占用一些睡眠时间，看了一部分。不全面可以显示全面，觉得剧编得不坏，能够透过浮面，触及人生问题；演得也好，自然，像实人实事。这意思曾向有关的人说，他们希望我写出来。其后就真写了，刊于《人民日报》。我认为分量重的话是以下几句：

> 老之感到无着落，原因是，先则天弃之，其后才是人弃之。天弃，表现万端，人弃也表现万端，可以用一斑窥全豹法，举作《白头吟》的卓文君为证，眉如远山，肤如凝脂，曾经如此，可是时过境迁，好汉提当年勇又有何用！不幸也是天命，好汉总不甘心扔掉当年勇，枯寂的老朽总不甘心离开当年的热闹。这就造成天与天的不协调，人与人的不协调。

天不要了，而己身的"天命之谓性"却梦想回天；人不要了，而己身的梦想却希望还有人不弃。回天，谈何容易！比如头童齿豁恢复为红颜翠鬓，自然做不到。所以可能的安慰只能来于人。但这又是谈何容易，所以只好谦退，安于得一点点善意，甚至一点点世俗的和气。但世间事不少例外，比如限于我的经历，就曾不止一次，所受竟远远超过善意。这样的稀有一时使我感奋，更多的是震惊，应该如何对待？常是震惊使我莫知所措，及至心情恢复平定，想到应如何对待的时候，早已事过境迁。而感奋之情却像是有增无减，其后随着来的必是悔恨，悔恨又一次"失落"。如何补救呢？也只能写下来，以求不忘有这样的失落而已。

　　值得记下来的有两次，以时间先后为序，先说前一次。是一九八四年，旧历中秋节前的两三天，我预购由北京往天津的慢车票。这句话包含的事不少，需要略加解释。在中秋节前，是因为老友齐君中秋节生日，我携老伴每年秋天到天津看看亲友，此时前往就可以一箭双雕。预购，是因为同往的还有杨君，约定某次车发车前半小时在车站见面，怕万一至时票难买，计划不能实现。慢车，是因为短途，多费时间无几，可以避免车上拥挤。总之是想得不坏，然后是照预想的实行。不记得听谁说，可以到西直门售票处去买，于是坐车往西直门。到了，排队，慢慢前移，好容易到售票口，一问，才知道这里不卖。问哪里卖，说"到东单看看"。东单，比永定门车站近便，心中一喜，于是乘兴而往。又是到了，排上队。队很长，前面是个三十多岁的中年男士，衣着朴素，风度清雅。他看看我，总是出于惜老怜贫之情吧，问我买到哪里的票。我告诉他，兼说了西直门碰钉子的事。他听了，稍微沉吟一下，说："您先排着，我去看看。"说着，他走往售票厅的南端。那里墙上有各种表，他仰头看，想是想弄清楚这里是不是卖预售的天津慢车票。看了一会儿，大概终于没弄清楚，他走回来，却并不到原地插队，而挤向售票口。多人排队，跳到前面挤，是大难事。可是他终于成功了，回来告诉我，这里还是不卖，只能到永定门车站去买。临别，他还问我是否知道坐哪路车，并说："那里准卖，就不必急了。"我心里很不平静，细看看他，想说点什么，又一时想不好说什么，只费力地挤出两个字，"谢谢"，无可奈何地走了。及至上了车，被这位的超常的善意赶跑了的灵机才溜回来，我这才领悟，像这样罕见的人，我应该同他结为忘年交。办法也很简单，不过交换一下姓名、住址而已。不幸是心情感奋时灵机就泯灭，以致应该取得并珍重储存的竟成为失落。

再说最近的一次，乘公共汽车时的所遇。是一九九三年六月十五日，星期二，照我的生活日程表，早晨七时半左右走出家门，由北京大学站乘332路汽车，到白石桥站换111路电车，入城。332路车由颐和园来，一般是到北京大学站就有人满之患。这一次是半满，即站着的人不太多，可以不费力而前后走动。我由前门上车，见后面人较少，就慢慢后移。移到接近中间那个圆盘，车已经过民族学院，再停车就是白石桥站。我一阵心不在焉，见后面路上无人，就想移到中门。不想刚走一两步，车忽然往我的左方一扭动，我的身体就往右方倒下去。右方有坐着的人，我靠在他身上。就在这一刹那，坐在左方的一位女士飞跑过来，用两手圈住我的左臂，把我拉起来。然后她指着她的座位，让我坐。我说我前面就下，不坐了，就走往中门。大概到长河附近吧，觉得有个人也走到中门，站在我身旁。无意中一看，竟仍是她。面目文雅和善，穿一身朴素的单衣，约莫三十多岁。我们都没说话，我想，不过是碰巧同站下，浮萍流水，走出车门，也就各自东西了。不久车到站，车门开了，万没想到，她还是伸出两手圈住我的右臂，扶我下车。我感激之情变为急迫，用辩解的口气说："我腿脚还可以，不用这样吧。"她没说什么，可是下车后还不松手，又扶着我走上边道，前行，走下边道，进了车场，才放开手。我一时不知如何是好，还是只能费力挤出两个字，"谢谢"，甚至没有多目送她，就奔上停在站内的111路电车。还是同上次一样，及至开了车，灵机溜回来，才如大梦初醒，觉得应该向她表示非同一般的谢意。自然是醒后想，也不是没有办法，因为提包里恰好带一本新出版的《张中行小品》。比如分手之前这样说："恕我冒昧，耽搁你一两分钟。我想送你一本拙作，以表示谢意，可以吧？"如果她肯接受，我愿意写上她的名字，以期我和她都记住，这惜老怜贫的善意，至少在我的心里，是比任何浮名和显位都珍贵的。然而可惜，这如意算盘只存于事后的遐想，至于实际，所得仍是两个字，失落。

失落是不幸，而又无法补偿，所以是痛苦的。痛苦，能够说说也许好一些吧？当然，如果天赐好风，这说说的声音能够吹入他和她之耳，从而这深藏于心的谢意就有了归宿，那就再好也没有了。这显然又是遐想。于是我所能做的，所能有的，也只是写这篇小文，说说而已。

鱼引来的胡思乱想

郑州友人素君来京，同往北京大学出版社，承招待午饭，到中关园一个名小上海的小馆去吃。菜数品，其中之一为清蒸鲈鱼。肉鲜嫩，刺少（武昌鱼则刺太多），我也许是第一次吃吧，觉得味道特好，并想到晋张翰，秋风起他想回江南去吃鲈鱼莼菜，正是大有道理。幸或不幸是留个吃前的影像，一条活鱼在服务员的手里跳动，让我们看看大小，我们点头后扔到厨房的硬地上。这样的影像还记得一次，是一九五六年初冬，我与郭、吕二君在济南大观园赵家干饭铺，手中跳动的是黄河鲤鱼。何以要跳动？是本之"天命之谓性"，求如《庄子》所说：

庄子与惠子游于濠梁之上，庄子曰："鲦鱼出游从容，是鱼之乐也。"（《秋水》）

出游从容。或如《孟子》所说：

昔者有馈生鱼于郑子产，子产使校人畜之池，校人烹之，反命曰："始舍之，圉圉焉，少则洋洋焉，攸然而逝。"子产曰："得其所哉！得其所哉！"（《万章上》）

得其所哉。可是所求未能如愿，一转眼就死在厨师的刀下，满足了"人"的口腹之欲。

人吃鱼，来由有二。一是从其所好。孟子曾坦然言之，是"鱼，我所欲也"。庄子没明说，但他曾"钓于濮水"，可见也是吃鱼的。二是力有大小。人力大，鱼力小，由力决定，鱼就只得经过厨房钻进人的肚皮。如果换力为"理"，情况会如何呢？难说，因为不只有大鱼吃小鱼之事，很少时候，还有鲨鱼、鳄鱼吃人之事。如此，问题就能结束于力的大一统吗？

曰不然，因为，还是请孟子出来说话，是"恻隐之心，人皆有之"。恻隐之心表现为"不忍"，己身以外的苦，仍以鱼为例，看见它走向刀俎之前拼命挣扎，也许应该学习郑子产，畜之池，让它得其所哉吧？有些人生之道方面的大问题来于不忍的范围及其处理的办法。举其荦荦大者。常人常情，某亲友遇意外受伤，不忍，买些食品送去，内有烧鸡，这是不忍的范围限于人，不扩大到鸡。儒家推重"仁"，如孟子就放大一些，他说："见其生不忍见其死，闻其声不忍食其肉。"那么就不吃荤了吗？这大不易，所以他接着说一句，"是以君子远庖厨也"。高层次的人吃，让低层次的人杀，这是眼不见、心不烦主义，由一个角度看虽然未免阿Q，可是与嗜杀人者相比，我们总当承认，不忍从而就不动手终归是值得颂扬的。再放大还有佛家推重的"慈悲"，定杀为第一大戒，不得杀的包括诸有情（大致指能觉知的动物）。如果视恻隐之心为珍贵的感情，这是彻底派，理论上能够成为无懈可击。

问题是还有实际上。这实际的根来于人的定命，要活，而且要活得如意。如意，剥去包装说，"人生而有欲"之欲得满足是也。这样，"鱼，我所欲也"，鲈鱼，我觉得味道特好，人就还要吃鱼。佛家面对的大问题是"众生无边誓愿度"与"人生而有欲"如何调和。他们自己靠大雄，忠于理想而蔑视实际。实际上是虽沉默而并未放弃反抗，于是送来多种难。作为举例，可以分为低、中、高三级。

"鱼，我所欲也"，偏偏不吃是低级。对于伤人的种种，单说昆虫，如蚊、蚋、跳蚤、臭虫之类，如何对待？不好办，是中级的难。还有高级的，如果生物学家证明植物，黄瓜、黄豆、白菜、白薯之类也能觉知，诸有情（即众生）的范围扩大了，还能死抱着杀戒不放吗？依据戒律，为了能活，佛祖也是容许通融的。

可是这样一通融，"虚左"，让"活"坐，"如意"就必致跟上来。慈悲或仁与活和如意理论上可以和平共处，实际上却常常不能和平共处。双方的力的消长表现于人的心情和行动，成为不忍范围的大小，大，可以包括诸有情；小，可以只包括自己（以及少数亲友）。也是看实际，范围大小有难易之分；大，比如"视民如伤""食无鱼"，捉个虱子要放在石榴皮上，等等，当然不容易；小呢，如俗语所形容，"你的是我的，我的也是我的"，显然就非常容易。至此，我们就不得不抬出个绝顶重要的认识，是为了"人"都能活，都活得如意，我们必须勉为其"难"，纵使不能佛，"众生无边誓愿度"，也要儒，"己所不欲，勿施于人"，或进一步，"己欲立而立人，己欲达而达人"。紧接着这认识就走来个评价社会的标准：多数人或绝大多数人不忍的范围大，即有德，不损人利己，这个社会好；反之，有相当多的人不忍的范围小，即无德，为利己而无所不为，这个社会不好。

　　评价的标准如一面镜子，挂出来，我们会不会从它前面走，照见自己？为了"见贤思齐"，或至少是"见不贤而内自省"，应该照照。照，我以为如到医院检查，身体各部位，完好的可以放过，有病的切不可放过。都有什么病？目所共见，单是类举也会使人心惊胆战，由轻到重说有欺骗、卖黄、强占、偷盗、抢劫、贪污、滥用权、卖权等等。只说最轻的欺骗，由用广告吹、占卜、制造各种伪劣到说人祸为天灾，单是举事的小类（如街头卖假人参算一类，丢包算一类），也许要四五位数字吧？从事的人呢，自然只有天知道！用欺骗的办法损人利己，只此一类人数就如此之多，再加上其他各类，人数会是什么情况？还有，不能不想到，这样发展下去会是什么情况？——要就此打住，不然，就只能痛哭流涕了。哭又能怎样？不如安于"独善其身"，珍重"不忍"，再进小馆，只吃小葱拌豆腐，而不吃清蒸鲈鱼。

旧迹发微

　　搬家，雅语曰迁居，甚至乔迁，已经是四五个月前的事。乔者，由幽谷迁于乔木之谓也，这是说，依常情，必大有所得。我怕搬家，但也只好从众，有所失，装作不见，想，说，都凝聚于所得。也确是有所得，唯物而不唯心是，曾以之为话题，诌了两篇文章，不久就换来"从重"的稿酬，称为重，是因为用它换烤白薯，竟几次装满肚皮，仍有剩余。真理不怕重复，好事也不怕重复，于是我想，能不能从这迁身上再找点什么，凑个第三篇，以期能够多吃几次烤白薯？且说书生摘掉臭老九帽子之后，时来运转，除了"发"和意中人点头之外，真是想什么有什么。过于乐观吗？以己身为证，这次刚想到换烤白薯钱，开个冷书柜看看，一个长方形立体旧报纸包就飞入眼内。早忘记里面是什么，立即打开看，原来是十几本旧日记。往事，忘掉也罢，正想包上，发现其中有个十六开报纸的订本，拿出来看，封面几个大字是"交心续"。内容也许无可看，但换个角度，也许更值得看看。于是耐心看，字是复写纸印出来的，可见正本已经上交，这是留底。第一本为什么没留底？自然只有天知道。看内容，是整风时期写的，主旨当然是挖空心思，说自己如何糊涂，不争气。但也居然凑了一〇五条之多，可证俗语所说"唯有读书高"不错，如"刘项原来不读书"，是无论如何也写不出来吧？——好抬杠的人会反驳，刘项未必不能写，是因为手里有兵（兼指武器），用不着写，并可以强迫无兵的人写。老了，以不好勇斗狠为是，还是说称心如意的。是几年以前，我写了一篇《降表之类》，惋惜俞平伯先生等的检讨文未能传世，其中敝帚自珍，还悔恨自己的《请罪辞》没有留底，这回是失之东隅，收之桑榆，拾得交心文，而且竟多到百条以上，就大可以回味一番了。回味，要说说有什么味道，虽说"口之于味，有同耆（嗜）也"，但说清楚，尤其说得无余义，却不容易。这就需要"发微"。以下试着发微，以由浅入深为序。

其一，由"一则以喜"说起，是有此一〇五条，就足可以证明，我的编造能力，比有些受赏识的所谓作家，真是差不了多少；勉强找差距，不过是，我之所写，重点是自讼；他或她之所写，重点是他颂而已。这喜还可以加深说，是自讼的技能，乃由代圣贤立言的制义而来，想当年，我念过《钦定四书文》和《制义丛话》之类，非独好之也，是当作文化史的一种现象，想见识见识，语云，开卷有益，没想到就学来讼文的闪转腾挪、缩小夸大甚至将无作有、以假充真之法，如这像是煞有介事的一〇五条，即此诸多法临盆所产生，我为通法之人，岂可不飘飘然哉。

其二，交心，这说法像是过去没有，乃整风时期所创造。出自何人之心？真天地间第一天才或战略家也，盖旧有"授首"之说，首真授了，这个人就不再可用，除非代化肥，至于授心或交心，则不只人可用，而是必有大用。但其中也隐藏着问题，来自心有歧义，这里指英语的mind，不是heart，而mind是眼不能见、手不能触的，如何交、如何收？不得已，只好求仓颉、许慎之流帮忙。语言文字出场了，带来新的问题，是单就形和音说，为了反映客观情况，也造了"真"和"伪"两个。当然希望是真的，但是，如何证明是真的？不知道这位天地间第一天才是怎么处理的，也只能洛诵之后，姑且信以为真吧？如果竟是这样，他或她就太天真了。这样说，授首也有优越性，是货真价实。交心就不成，如果所交是假的，那真的就离得更远了。最后剩下的问题仍是如何分辨真伪，推想那位天才也未必有办法，那就不管也罢。

其三，谈论结果，此路不通，只好退回来，单看动机，即这样做是想怎么样。当然是想用修整之法，除去（用大话说）不合某种教义的，（用小话说）不合己意的，保留兼培养那些合教义、合己意的。而如果这种愿望能实现，则所得为"心"的大一统；在这种大一统之内，除了高坐宝座的一个人以外，人人成为使徒，或用今语说，驯服工具。这不好吗？难说，因为问好不好，解答之前，先要知道教义或己意是好还是不好。"先要知道"，既是逻辑的要求，又是宋儒所谓天理的要求，皆"心"也，显然是应该尽先"交"的，于是好不好的问题也就化为空无。但这是就当时说，至于白驹过几次隙之后，即如现在又看见那个报纸订本的时候，情况就有了变化。变化来于，彼时是身在其中，此时是身在其外。身在外，容许远看，就见到一时一地以外的，也就难免想比较一下。忽然飞来一句，见于《旧约·传道书》，我讻文时不止一次引用的，是"日光之下并无新事"，交心也可以这样说吗？想了想，答话是：就"类"说是这样，就"个体"说不是这样。所谓就类说，是由盘古氏（假定有）起，到爱新觉罗·溥仪止，都要求率土之滨奉正朔，心仪《公羊传》的"大一统也"。但那要求是偏于"身"的，或说消极的，即只要你不想也坐宝座，就无妨如严子陵，去钓鱼，或如柳三变，去写"忍把浮名，换了浅斟低唱"。交心就不同了，要写：在这伟大的时代，我有时还想隐居，到富春江边去钓鱼，或带个情人，喝二锅头，唱小调，可见我旧的思想意识是如何浓厚，应该加紧学习，早日脱胎换骨云云。显然，这所交之心，前半可能真，后半就可能是交代或检讨八股。八股而仍须写，就是因为形势要求的是"心"的大一统。这与旧时代相比，是"踵其事而增华，变其本而加厉"。

其四，还要说说交心之人，比如也乐得心能大一统，这容易吗？我的经验是不容易。这要怨上帝，如果人真是他造的，我们就会感到奇怪，为什么不千篇一律，而偏偏成为人心之不同，各如其面；不同，也罢，又偏偏不多给一些"变"心的能力，或者说心之上再来个心，具有使处理日常事务的那个心想什么、信什么的能力。话说得有点缠夹，改为用实例说。如有的人怕鬼，读了些科学常识书，也想改怕为不怕，可是暗夜经过坟地，还是毛骨悚然。又如哥白尼研究天象，变旧说"日绕地"为"地绕日"，受迫害，为平安，不如变所信，可是他做不到，因为理性做了主，他纵使想改变信念，也找不到能够左右理性的力量。

唯一的躲闪之道是说假的，心里信煤是黑的，嘴里说煤是白的。现在复看交心材料，真坦而白之，就都是煤是白的一路。当作闹剧看，也好玩吗？其实不然，因为除了浪费精力、时间、纸张等之外，还会带来苦。小苦是不愿说假话而不得不说假话。还有大苦，是钻入这个存储假话的报纸小本本，就感到不再有自己。"吾丧我"是道家的理想境界，可惜我是常人，修养差，经过多次"学习""运动"，还愿意保留个"自己"。

其五，说到常人，干脆就为常人再说两句。推想常人是都愿意保留自己的，语云，前事不忘，后事之师，那就让他们把心放在肚皮里，不交出来吧。但这样还不够，因为要有个前提来保证，这前提是：张三希望李四交心，李四不交，张三无可奈何；李四希望张三交心，张三不交，李四也无可奈何。

可以结束了，神经过敏，忽然想到，以上这些发微的话，惯于"吉甫作颂"的人如果看到，一定很不高兴吧？因为，至少在我未交的心中，过去有些新猷是并不值得歌颂的。皆往矣，争论这些干什么！不如放下笔，到长街看看，烤白薯是否又涨了价。

留

退笔

我们的周围确是不少温暖，所以人生终归是值得珍重的。

案头清供

名为书生的，室内都要有个书桌，也有人称为书案。如果略去多占地方这个缺点，书案以宽大为好，语云，宁可备而不用，不可用而不备之义也。书案宽大，面上可以放各种用物，写写画画，以及钻研经典，攻乎异端等等；其下还有抽屉多个，不宜于摆在面上的，可以韫椟而藏。藏了，以不说为是；单说面上的，放什么，如何放，似乎也有学问，至少是习惯。记得多年以前，大学同学卢君以懒散著名，书案上的东西一贯是多而杂。有一次，我在场，他想吸烟，找烟斗和烟包，到堆满半尺高杂物的书案面上摸，费半天力，以为摸到烟包了，拉出来一看，原来是一只袜子。这是放物多的一个极端。还有放物少的极端，是已作古的友人曹君，书案面上一贯是空空如也，他说图看着清爽。我是中间派，实用和看着兼顾。都放了什么呢？写小文不同于填登记簿，决定躲开那些估计不能引人入胜的，只说我认为值得说说的一些。名为清供，清的意义是没花钱，供的意义是我很喜欢，甚至想套用乾隆年间陈坤维女士的一句诗，珍重寒斋（原为闺）伴我时。

清供三件，先说第一件，是个黄色的大老玉米。这是北京通用的称呼，其他地方，如东北称为包谷，我们京东称为棒子，正名或是玉蜀黍吧。名者，实之宾也，关系不大，还是说来源。是去年秋天，老伴接受她的表妹之约，到容城县乡下去住几天。我，依义要陪着前往，依情也愿意前往，于是只是半天就到了鸡犬之声相闻的乡下。坐吃，游观，都是例行之事，可按下不表；只说我最感兴趣的，是年成好，所养驴、鹅、鸭、鸡、鸽等都肥壮，我可以短时期偿与鸟兽同群的夙愿。人，古今一样，虽是逝者如斯夫，却愿意留些驻景。古人办法少，即如李杜，也不过写几首诗。今人同样可以写诗，只是因为不会或愿意更真切，一般是用照相法，个别的用录像法。我用照相法，请驴来，我紧贴在它身旁，照，成功。请鹅来，它摇头扭身，坚决不干，只好说声遗憾，作罢。活物不成，只好降级，院里黄色老玉米堆成小丘，坐在顶上也可以洋洋然，于是照一张，胜利结束。几天很快过去，离开之前，又想到老玉米，于是挑一个大而直且完整的，带回来。这东西在乡下不算什么，进我的斗室就成为稀罕物，常言道，物以稀为贵，所以它就有权高踞案头。

清供的第二件是个鲜红色椭圆而坚硬的瓜，我们家乡名为看瓜，顾名思义，是只供看而不能吃。也要说说来源。是今年中秋，承有车阶级某君的好意，我到已无城的香河县城去过中秋节。吃各种土产，寻开天旧迹，赏月以证"月是故乡明"等等，都是题外话，可不谈。只说这个看瓜，是一位有盛情的杜君请我到他家吃自做的京东肉饼，在他的窗台上看见的。他说是自己院内结的，大大小小十几个，如果喜欢，可以随便拿。窗台上晒着一排六七个，我选了个中等大的，也总可以压满手掌了。返京的车上，还有家乡产的月饼等等，我把这看瓜放在最上位，因为有老玉米的成例，它是清供，下车之后理应高踞案头的。

清供的第三件是个葫芦，不是常见的两节、上小下大的，是两节、上下一样粗的，据说这是专为制养蝈蝈的葫芦而种的，比较少见。也由来源说起，这回是由远在异县移到近在眼前。是同一单位的张君在单位院内种的，夏天我看见过，没注意。秋天，霜降以后，一次我从他的门前过，看见北墙高处挂着一排葫芦，也许因为少见，觉得很好看。我也未能免爱就想得到之俗，敲敲门走进屋。他热情招待，指点看他的鸟笼和鸟，已经制好的蝈蝈葫芦。我问他今年结了多少，有不成形的，可否送我一个，摆着。不想他竟这样慷慨，未加思索就说："摆就得要好的，我给您找一个。"说着就上墙，摘个最大最匀称的给了我。我当仁不让，拿回屋，放在案头，使它与老玉米和看瓜鼎足而三。

鼎足而三了，我当然会常看。是不是也常想，或曾想，这有什么意思？如果追得太深，也许竟是没有意思。所以为了不至落得没有意思，最好还是不追得太深。或者哲理与常情分而治之：坐蒲团时思索哲理，起身走出禅堂或讲堂时还是依常情行事。我是常人，因而也就如其他常人一样，有想望，也有寂寞。怎么处理呢？其中一种可行的是如清代词人项莲生所说："不为无益之事，何以遣有涯之生？"其实，这意思还可以说得积极一些，即如我这些案头清供，有时面对它，映入目中，我就会想到乡里，想到秋天，而也常常，我的思路和情丝就会忽然一跳，无理由地感到，我们的周围确是不少温暖，所以人生终归是值得珍重的。

留退笔

退笔是毛笔多用，毫端变秃，不好再用之笔。有故事，来于隋朝的大书法家智永，据传是为学书（书法之书）十年不下楼，退笔积有数瓮，埋入地下，称退笔冢。我这里用此雅名，要加两层限制。其一是所谓退笔指我自己用过的，无此限制，则由李斯写泰山刻石的笔到鲁迅写《阿Q正传》的金不换就都闯进来，写不胜写了。其二是限于尚文的，无此限制，则远，在小学课堂上写九宫格的小毛锥；近，在书桌上涂鸦的净纯大楷等也就闯进来，纵使不至写不胜写，也必成为头绪纷繁。这里所想写是反头绪纷繁的，由正面说只是一支，我年轻时候通称的钢笔，其后厂商加广告家夸说的金笔。

新潮语有"代沟"一词，我初见，不能确知其义，求甚解，向嘴上无毛的请教。承以例明之，说："比如你父执一代，都觉得三寸绣鞋好看，到你子侄一代，变为觉得38码加尖头高跟好看，时代不同，看法有别，这就是代沟。"我听了，如禅和子之闻驴鸣，得顿悟。其后碰到适当机会就禁不住用这样的沟解释未能大同的事物，以显示有勇于接受新知的高才。且说机会之一是笔的时移则备变，也形成代沟。具体情况是：我的前辈作书，用毛笔；降至于我，用钢笔；再降，至于不知何许人也，用圆珠笔；还要降，仍是不知何许人也，变为无笔，因为其大名为电脑。四种，先者旧，后者新，我排名第二，用二分法，属于保守党。由保守走向维新，有所求，是省力兼快。比如一号与二号比，前者要另备墨和砚，后者就用不着，盖钢笔，另一美称为自来水笔也。再比如一号与四号比，其成文的速度就不可同日而语。自然，凡事有所得也会有所失，即如电脑，省力则省力矣，快则快矣，可是想从其中出一篇《祭侄文稿》或《蜀素帖》，就办不到了。由唐宋下降到今日，保守党的一号，有的人走这条路，在宣纸上"刷"而成字，不过二三十个，就能换来一万两万，变为新法的电脑，按而成字，两三千，还要是名牌文学家，不过能换来百八十的而已。

由得利的角度看，我虽未能维新，并且不是文学家，却也被划入一笔一画写两三千只能换来百八十的一类。"王何必曰利"，亦有"明其道不计其功"而已矣。这就可以转到说那支笔，因为道（如果有）都是它明的。循新风先查出身之例，由笔的来源以及体貌说起。那是一九三一年的暑天，我凭机遇考入北京大学，在旁观者的眼里，这是喜事，要贺。师范学校六年，最要好的同学梁政平，其尊人益甫先生与东琉璃厂路北的和记教育博品社有来往，就由那里买一支钢笔送给我。买笔而不买食品或衣服，推想还有鼓励苦读，将来学能有成的意思。笔是进口的，美国Parker（派克），黄中透红之色，估计是二十年代的产品，定价二十元（其时纸币与银元名义上还是等价），熟人买，九折，十八元。我既高兴又得意，就带着这支笔走入北大红楼及其后身的图书馆。其后跟着我流转，几十年，抄书，记事，诌文，以至拼凑打油诗，写交代、检讨、学习体会之类，连数学家也算不清究竟写了多少字。说起来也可以算作奇迹吧，它既未失落，又没有坏，成为随着我度日、度月、度年总之时间最长的殿试第一名，状元，曾经荣上荧屏的那个破旧藤条椅只能屈居第二，榜眼。且夫人，论功德有"苦劳"之说，此原则显然也应该移用于笔，所以我手持它，或只是瞥见它，也许多年来不得不歌颂从而习惯成自然了吧，就心中油然而生一个四字的歌德派的评语，曰"劳苦功高"。

歌德不厌其多，想再加说点近年的。"伟大"的时代过去，说几句不歌颂的话不再有家破人亡的危险，我旧病复发，也就乐得拿起笔，写点不三不四的，所求，吹牛是成一家之言，不吹是换一些买烤白薯的钱。所拿之笔仍是那支伴随半个世纪以上的派克，老骥伏枥，因而就劳更苦，功更高。表功，可以走统计学家的路，是十几年，写了几百万字，印成一些本本。还可以走禅学家的路，这就说来话长。是多年以来，关于诌文，把所思化为文字，定型于纸面，我有个感觉，或夸而大之，转化为一种理论，曰"配套"。这是思路和笔合作惯了，能够达到一种，用消极说法是"交融"，用积极说法是"互助"的境地。或者换为以思路为主，这境地就成为"思忘手，手忘笔"。持笔，面对稿纸，能两忘，也可以算作一种享受吧，这享受是思路的逍遥游。逍遥之游由配套来，思路，我们不能奈何它，可以不计，说另外两桩，手，如果右换为左（虽然我是左撇子），笔，如果"钢"换为"毛"，则配套打乱，两忘必变为不能忘，轻则效率，重则享受，就都不能完整无缺了。

还是专说笔，这配套的情况就真使我成为"金不换"派。顽固不化的程度有浅的，是不敢复古，换为用毛笔，因为估计速度会减半，思路前行，等得不耐烦，于是而配套被打乱，面对稿纸就难于成文了。更不敢维新，换为用圆珠笔，因为估计速度会加倍，思路落后，欲急起直追而无力，于是而配套也被打乱，也就难于成文了。更加新，换为用电脑呢？不知道速度会加若干倍，思路退避三舍，配套之套会成为无套，出言且难，况成文乎？还有更大的难，是按而成字之前，先要学。我笨而加老，即使铁杵能磨成针，"加我数年"，到学成，甚至尚未学成，思路可能退隐，或生路被阎王老爷截断，墨子的原则，利取其大，害取其小，所以我只能扔开用长时间求新配套的理想，仍旧用那支比老伴还老（谓入门之时）的笔，有闲情而不能作赋之时，一笔一画地写。顽固不化的程度还有深的，就算作幻想吧，是担心这支笔万一倦勤，不得不换用另一支，配套小乱，我还能诌不三不四之文吗？

杞人忧天！想不到天真就塌下来，是一九九六年的后期，我正在赶写《流年碎影》的最后一部分，这支笔病了。不是笔尖变秃，是墨水自管内而下降到笔尖的通路出现堵塞，先是墨迹变浅，不久就变为无迹。不能用了，怎么办？如人，跑医院是个办法，可是我不知道哪里有笔医院，又，以人之心度笔之心，怕它也视为畏途，似乎以不勉强为是。路只剩下一条，是让它退休（因未革命，不能离休），启用另外一支。这另外一支也是美国产，牌号为 Waterman（船夫），一个孙子辈的由美国送来的。启用之前，心忐忑不安，怕性能有别，配套被打乱，文由不三不四下降为不五不六。最后还是李笠翁的退一步法战胜，正如佳人，求才子不得，得到个不才的，但总是个"子"而非女，也就嫁了吧。且说我试用这支新的，果然，下笔之时，成字之后，刚劲，流利，清整，都不如旧的，学习有些佳人，也就忍了吧。

还剩下个不大不小的问题，是怎样对待那支退休的。古人有为诗以送之的办法，如陶谷《清异录》所载：

> 赵光逢薄游襄汉，濯足溪上，见一方砖，上题云："秃友退锋郎，功成鬓发伤。冢头封马鬣（坟头封土如马鬣下披的一种形式，见《礼记·檀弓上》），不敢负恩光。"

可是我这位郎的锋并没有退，虽然也"不敢负恩光"，埋于地下总是不适当了。未经再思，灵机一动，想到个无用之用，始为大用之法，这是让它仍旧卧在案头，旁观它的后继者在纸面上以稍慢于它的速度前进。就这样，有它在旁边看着，我终于也写完了《流年碎影》，并在完稿的片刻欢娱之时，把它也请到稿纸上，与那位船夫并坐，心里说：
"我不敢负恩光，包括过去的种种，而你，是整整六十五
年了。"

起火老店

　　几年以前（一九八二年）的夏末，多年住在张家口的大学同学王君来信，说应该抓紧时间去游云冈石窟，不然，怕一再拖延，想去也办不到了。我同意他的高见。——还应该说佩服他的预见，因为几年之后，他有一次图近便，上街不绕行学校大门，继青少年之后，由施工临时拆的墙豁口上下，果然一滑就滚下去，住了很长时期医院，放还，只能借木拐之助由东屋走到西屋了。这是后话。还是回到几年前，是秋天，我由北京出发，到张家口住一夜，于次日过午，与王君登上西行往大同的车。当然不是一路无话，但说些什么早已忘记，只记得快到的时候他说，市长是他的老朋友，他不想找他，怕反而麻烦。我表示百分之百赞成。到站，下车，出站南行，迎面是个五层豪华建筑，牌子是什么什么宾馆。他问我的意见，我说太新，不想住。他说，那我们就往南，进城，找旧的。我心里盘算，北魏平城的风光自然看不到了，如果能找到个李凤姐当垆那样的酒馆，不是也很好吗？于是我们上了南行入城的公共汽车，言明想在城中心一带下。到了，下车，恰好路旁坐着一位老者，老者是总会同情老者的，于是上前说明所求，是找老店，越老越好。他说，再南行十几步就是城中心，往东是东街，过九龙壁不远，东门以内，路北有个店，可以去问问。我们东行，果然不久就找到，入门一个大院，都是平房，虽然还整齐，却不新，觉得好。到账房，坐着站着几位，都是妇女，知道是个妇女店。招待的办法也特别，先谈家常。问从哪里来，干什么的，多大岁数，到大同来干什么，为什么没有年轻人跟着，等等。我们说来看看云冈石窟。大概以为像我们这样的年纪，应该在家里坐以待毙吧，全屋人大笑。好容易才说到住宿的事，于是在一个本子上填写，填写完了，加问一句："在店里起火吗？"我们一惊，没想到八十年代了，居然还有这样的老店。但没有经过再思，就据实陈述，说到饭馆去吃，不起火。

晚饭在附近路南一家饭馆吃，质量很坏。第二天早起，看看附近街巷，没有遇见李凤姐当垆那样的酒馆。不得已，只好现代化，找高级饭馆。承人告知，是西街靠近华严寺那一家。去试，门面，陈设，果然高了；只是可惜，饭菜的质量还是不佳，就是山西第一名菜的过油肉也是难于下咽。晚上，我们回到妇女起火老店，对床夜话，禁不住自怨自艾，说我们俩都糊涂，"人家问起火不起火，为什么说不起火？"如果说起火，推想那些大笑的大姐大嫂们一定来指导帮忙，热热闹闹，弄两样菜，坐在店房里，佐以白酒二两，能够酒足饭饱且不说，此生还能到哪里去找这样的诗境梦境呢？但君子一言，驷马难追，三四天之后，我们只能怀抱着这个遗憾，连带下面的半空肚皮，与起火老店的大姐大嫂们作别，自西徂东了。

从那次以后，我才知道起火老店还有这个类型的。这大概应该算作正牌的，因为顾名思义，是旅客可以在这里起火，自己动手。自己动手有好处，是吃什么有较多的自由，而且可以合口味，省财力。但这样的优点并不是人人能利用，因为没有人力和技术就办不到。我和王君一无人力，二无技术，而想利用，起因有二：一是想取巧，推想我们这样的老朽下厨房，在这些大姐大嫂眼里是天外飞来的笑料，岂能放过，而一来，一看，大笑之余，必不免技痒，或说想显显，于是我们就可以让位，坐享其成了；二是对于上面提到的诗境梦境实在爱不忍释，于是就饥不择食，学有些聪明人，为达目的不择手段了。但是，再说一遍，遗憾的是只是想了想，良机错过，悔恨也无济于事了。

与大同这一家相比，另一个类型也许应该算作副牌的，也起火，只是不由旅客下手，而由店里人下手。旧时代，没有特快软卧，更没有波音747，出外，旅途难免劳顿，好容易熬得走进旅店之门，就不想再活动，于是起火的设备或措施就显露了优越性，问问店主都有什么吃的，三言两语，一会儿端来，热气腾腾，就真是宾至如归了。住大同起火老店之前，我只知道，也想象，只有这个类型的。知道或想象，根据的绝大部分来于旧小说。依厚古薄今之例，印象最深的是唐人写的。一处是在邯郸旅舍，为不得富贵而叹息的卢生，得吕仙翁的仙枕之助，做了五十多年的繁华梦，及至醒来，店"主人蒸黍未熟"，见于沈既济的《枕中记》。旅客在枕上酣睡，店主东在不远的地方蒸黄粱米饭，是地道的起火老店的风光。另一处，更可以引人入胜，是十八九的绝美女郎红拂，思想解放，学习卓文君，跟随李靖北逃，到灵石旅舍，忙里偷闲，解发梳头，虬髯客在旁边欣赏，"炉中烹（羊）肉且熟"，其后是李靖买来胡饼（今名烧饼），大家一起吃，见于杜光庭的《虬髯客传》。英雄美人在店房之内聚会，不远处羊肉就要出锅，也是地道的起火老店的风光。

记得什么人发过高论，人就是那么回事，算作劣根性也好，优根性也好，反正最欣羡的是自己缺欠的。我自然也未能免俗，出外次数不很少，旅店，住过各种形式的，包括高层的大楼，却总是希望，像旧小说所写，就是不能遇见吕仙翁，能够斜倚被卷，看看店主东蒸黄粱米饭的炊烟也好。可是事与愿违，一直找不到这样的起火老店。说来也可笑，还为此发过神经。一次是用放大镜，在影印大幅的《清明上河图》上找，结果失了望。又一次，在窗前晒太阳，却一阵神飞天外，仿佛经过一天的长途跋涉，日落之前，终于望见城郊的起火老店。于是旧病复发，诌五绝一首，是：严城遥在望，夕照满谯门。客舍青梅酿，今宵罄几樽？

这不是黄粱梦，是白日梦，所以比卢生更加可怜。想变可怜为安慰，于是挖空心思想，而万幸，就真想起一次，千真万确的实境。那是上小学时期，到县城去开观摩会。同行十几个人，由家乡起程，西北步行五六十里，当然很累。望见城垛口，已经是太阳偏西时候。平生第一次入城，北行，住在北门内路东一家旅店，是名副其实的起火老店。晚饭由店里人做，烙饼，熬肉片白菜豆腐，直到现在印象还清楚，是既味美，又亲切。夜里，睡在起火的火炕上，暖而偏于热。清晨早起，精力恢复，一齐上城，半走半跑绕了两周，然后下城吃饭。就这样，总有三四天吧，观摩完了，怀着恋恋之情，与这起火老店分别了。

一晃几十年过去，是前年，有偶然的机缘，又到县城。这一回是由西北向东南行，可以在上面跑一圈的砖城连痕迹也没有了，北门自然找不到。走到一条由北向南的街，同行的人说，这起点就是昔年的北门。路东有房，已经不见旅店。我禁不住想到当年的起火老店。连带也想到大同的起火老店，那一次，有更多的获得劳顿后的温暖的机会而轻易放过，怨天，尤人，都无济于事，还是只能怨自己糊涂了。

伊滨访古

我很少出游，原因的一半是少闲少钱，另一半是受一些旧说的"污染"。这旧说还有教派之分，《旧约·传道书》是"日光之下并无新事"，赵州和尚是"好事不如无"。但是人，思行不一致是难免的（有些人是常常的），我也未能免俗，于是这一次，就乐得接受郑州某公的雅意，于（一九九四年）五月下旬，与石家庄莉芙女士结伴，为中州之游。计划是以郑州为据点，向东延伸到开封，向西延伸到洛阳，看古的，吃今的。看到的不少，吃到的也不少。吃属于口腹之欲，可以不说，或应该不说。限于看到的，也嫌太多。著文，尤其宜于化繁为简。办法有二：一是只写一点点自己特别感兴趣的；二是分工，郑州所见之古由莉芙女士写，其他由我承包。承包，巨细不遗，了不得，幸而还有办法之一，写一点点自己特别感兴趣的，于是未经"再，斯可矣"，就决定只写伊水东西两岸的所见，西是龙门石窟，东是白香山墓。

我们是五月二十三日上午到郑州，次日往开封，二十五日往洛阳。不巧，二十四日下午起，莉芙女士就头疼、发烧，次日烧未退，只好在宾馆休息。二十五日洛阳之游，有张君光辉、段君海峰和李莉女士陪伴。上午，借宋朝人之口说，车是穿过中岳奔赴西京，近午到。下午，车南行，不久到目的地。伊水在两矮山间，南北向，水西是龙门石窟（东麓也有，不多），水东是白香山墓。先游石窟，窟多，不得不舍轻取重。最重，或最有名，是奉先寺，不只佛像最高大，而且诗圣杜甫曾来游，并作了《游龙门奉先寺》的诗。诗云："已从招提游，更宿招提境……欲觉闻晨钟，令人发深省。"可见彼时窟外还有僧寺，游人还可以留宿。造像当然也不会像现在这样残破。但就是残破，也可以想见昔时工程之浩大，刻工技术之高超。还可以想见，杜甫之外，北魏以来的名人，包括佳人，见经传的，必有很多曾在这里驻足。有不少人，同于陈子昂，以"前不见古人"为恨，我想，那就可以退一步，满足于隔千年兮共陈迹吧。看完奉先寺大佛，我提出先找古阳洞，因为龙门造像记，在书法史上占重要位置的，绝大多数在这个洞里。我更想看看其中最有名的那一件，始平公造像记。特别想看这一件，原因不止一项。其一是书法的造诣高，雄劲厚重，而且有书人之名，是朱义章。其二是刻法稀有，笔画非凹下而凸起，据我这孤陋寡闻所知，古今只此一件。其三是多年前，我以偶然的机会，从地摊买到个重墨精拓本，拓，装裱，都是乾嘉时期的，我喜欢看，也就想能够见到原石。洞高而深，午后背光，向里望，连佛像也看不清。我感到遗憾，向同游者说明遗憾的原因，其中说到字的笔画凸起。正在这时候，听李莉女士大声说："我看见了，就是那一块。"一面说一面往上指。我拿出这一次未忘记带的小望远镜，顺着她指的方向往上看，以面东的洞为本位，果然在北面最靠外的最高处。其内（即其西）是个龛（即洞中之洞），约有一人多高，其中有佛像，想来就是比丘慧成为亡父始平公所造了。记在龛的左上方，上部"始平公像一区"两行书大字看得清清楚楚。想望的成为现实，我很兴奋，顺时风，照了以记为背景的相。然后看了宾阳洞，是因为如奉先寺，佛像大，不当不望一眼也。

伊水之西完，上车，渡横跨伊水之上的龙门桥，转北不远，东望，山根有门，即白香山墓。新风，连万法皆空的精舍也卖票，这里当然也不例外。买票入门，曲折向上，林木繁茂，到相当高处有矮砖墙围着的土堆，面积不小，其上也是草木丛生，即白香山墓。诗人真就长眠在这里吧。查史书，他是山西老西儿，在人世天堂的杭、苏二州做过刺史，晚年隐居于洛阳香山，也许就是此地吧？他生于公元七七二年，卒于八四六年，旧算法，活了七十五岁。为人，除了能诗能文以外，还有值得说说的，甚至值得怀念的。想由疏而亲说一点点。他的名诗篇有《长恨歌》和《琵琶行》，前一篇到末尾还沉吟"天长地久有时尽，此恨（爱而别之恨）绵绵无绝期"，后一篇是把"犹抱琵琶半遮面"的人物请到自己船上，都是写"隔断红尘三十里"（程颢）、"问渠那得清如许"（朱熹）的宋儒所不敢想的。至于白居易，就还有表现情怀更深的，如曾作诗说："吴娘暮雨萧萧曲，自别江南久不闻。"这是退居洛阳，还不忘苏州的佳丽。佳丽还有近而更难割舍的，引《本事诗》"事感第二"为证：

　　白尚书姬人樊素善歌，妓人小蛮善舞，尝为诗曰："樱桃樊素口，杨柳小蛮腰。"年既高迈，而小蛮方丰艳，因为杨柳之词以托意，曰："一树春风万万枝，嫩于金色软于丝。永丰坊里东南角，尽日无人属阿谁？"

无人，垂条无主，是字面；内心是"不能主"。这是"思君令人老，岁月忽已晚"的悲哀，我有时也有，甚至更强烈，所以立在白香山墓前，就不由得想到这些。

在伊水之滨半日，所见不少，心情则由兴奋转为怅惘。人生，留在心头的，苦总是比乐刻得更深。入夜，想到这些，也有白傅"尽日无人"的情怀，不能寐，诌七绝一首，词句是："试马中州又岁迟，东都道上逐尘时。香山洛浦（用《洛神赋》事）仍遗恨，说与伊人总不知。""不知"是推想；至于所愿，当然是希望伊人能够知道的。

青龙湾

青龙湾是北运河的一个支流，由京津间河西务略北的红庙分出，东南流入七里海。与有名的大江大河相比，水不算大，不过当年还无所谓水利的时候，夏末秋初，雨水多的年头儿，站在堤上望河身，一片汪洋，也够吓人的。我的出生地在这条河以南约十里，属香河县，县城在河以北三四十里，因而生活就同这条河有了多种关系。幼年，印象深的是两次渡河进县城和一次决口。都是上小学时候。一次是县里举办小学生学习成绩的观摩会，我被选中为代表，由老师带队，十个八个人，步行赴县城，记得时已冬初，水不深，是蹚水过去。另一次是由地方的大绅士武桓发动，一户出一个人，到县城反对挖河，家里让我去，只记得起早出发，到河边才亮天，人乌黑一片，水深将及臀部，也是蹚水过去的。有往必有返，可是奇怪，回来如何渡过就不记得了。与渡河相比，决口就成为天大的事。那是一九二四年七月，雨季，河水上涨，家家的壮年男子都要去护堤，集合、催促的锣声不断，敲得人人心情紧张。一天，两天，三天，形势的危险有增无减，终于守不住，由东方略偏北约十里的大口哨村附近决口了。还清楚地记得时间是下午三四点钟，河水下泻的声音如闷雷，不久前锋到村边，只一支烟工夫南河就满了。幸而大量的水奔向东南较低洼的地方，我们村只流到村边就停住了。可是对我的影响是大的，因为已经决定第二天起程往通县、北京去考师范，这一来只好推迟一年。如果不决口，按计划外出去考，比如说，幸而在某校纸榜题名，走上另一条路，生活就不会如现在，入门对稿纸、出门挤汽车了吧？人生就是长此在这样的不定中，顺受也罢。

还是说青龙湾，记忆中决口只此一次，所以对它的印象主要是可亲而不是可怕。可亲，有原因。小者是它美，长长的白沙堤上排列着柳行，使人不由得想到"杨柳岸晓风残月"。还有大者，说来就话长了。我的外祖家在我们村以北略偏东八九里，名杨家场，其北一里就是青龙湾南堤。我幼年时候常随母亲到外祖家住，也就常在村口外望堤上的白沙和柳行，有时到堤上玩，看河水东流，就想到乘船，想到远方。近呢，外祖家也有不少好玩的，或说可怀念的。母亲是外祖母的长女，生在小户人家。院落不大，分为东西两半，只是西部一半，北房两间，西房三间，是外祖家的；东一半归大舅父（外祖行二，大外祖已故）；有南房（也面南，中间有门通前院），是许姓的。住房局促，可是院落之西有个小园，可以种菜，还有个井。推想它没有百草园大，可是也可以伴同表兄弟姐妹，夏日看蝴蝶飞，秋天捉蟋蟀。

外祖父是个朴实的农民，性格偏于懦弱，尤其到老年，很少说话，总是沉静地坐在炕一头。大概他会做以大麦为原料的糖（也称关东糖），因为我的老（义为排行最末）舅，每年秋后农闲时候还是到蓟县去开糖房，补充家用。外祖母性格正好相反，爽快，精明，要强要好。还不甘于浑浑噩噩一辈子，所以信一种道门，修持，相信死后也不会降到下游。很爱我们，知道我喜欢吃甜的，常给我烙糖饼吃。东屋大舅父人也和善，我对他印象深，是因为夏夜演皮影戏，他经常在幕后，用女声唱才子佳人的故事。其时我还没看过《红楼梦》，又没见过都市的繁华，才子什么样不知道，至于佳人，以为大概就是东屋大姐那样的。关于这位大姐，我在《故园人影》一文中写过，因为不会有新意，决定照抄如下。

　　说这位，出了村，到东北方八里以外的外祖家，村名杨家场。外祖家也是小户人家，可是地势好，住在村西端路南，出村北望，不远就是运河支流青龙湾的南堤，白沙岭上是一望无际的柳树林。外祖父姓蓝，行二，与大外祖父合住一个院子。我小时候，大外祖父一支只有大舅父、大舅母夫妇和他们的两个儿子。大儿子学名文秀，严氏大姐是他的妻室。这种关系，为什么不称表嫂而称为大姐？说来话长。她是我们村东南某村的人，幼年父母双亡，无人抚育，经人说合，送往大舅父母家做童养媳。童养媳，成婚前的名分是家中的女儿，记得长于我七八岁，所以见面呼为大姐。其后成年，完婚，农村称为圆房，大舅母说，叫大姐惯了，不必改了，所以一直称为大姐。依旧俗，我出生后常到外祖家去住，到能觉知，有情怀，就对这位大姐印象很深。来由之一是她长得很美，长身玉立，面白净，就是含愁也不减眉目传情的气度。来由之二是她性格好，深沉而不瑟缩，温顺而不失郑重，少说话，说就委婉得体。依常情，童养媳的地位卑下，因为是无家的，又名义为女儿而非亲生，日日与未来的公婆和丈夫厮混，境况最难处，可是这位大姐像是一贯心地平和而外表自然。她结婚的时候，我十岁上下，其后不很久我离开家乡，就几乎看不到她了。可是有时想到她，联想到人生的种种，就不免有些感伤。这感伤可以分为人己两个方面。人，即大姐方面，是天生丽质，而没有得到相应的境遇。就我习见的少女时期说，现在想，她处理生活的得体，恐怕是"良贾深藏若虚"。所藏是什么？也许是"忍"吧？如果竟是这样，那就真如形容某些见于典籍的佳人所常说，性高于天，命薄如纸了。再说关于己的，也是现在回想，常见到她的时候，后期，她年方二八或二九，我尚未成年，还不知道所谓爱情是怎么回事，可是她住东房，我从窗外过，常常想到室内，她活动的处所，觉得有些神秘。这种心情，可否说是一种朦胧的想望？如果也竟是这样，在我的生活经历中，她的地位就太重要了，《诗经》所谓"靡不有初"是也。但无论如何，这总是朦胧的，过些时候也就淡薄了。一晃到了七十年代初，我由干校改造放还，根据永远正确的所谓政策，我要到无亲属的家乡去吃一日八两的口粮。第一次回去，人报废，无事可做，想以看久别的亲友为遣，于是又想到外祖家的大姐。她还健在吗？于是借一辆自行车代步，路也大变，问人，循新路前往。进村就找到，表兄和大姐都健在，在原宅院以西的小园盖了新房，在北房的西间招待我。大姐年近古稀，仍保留不少当年的风韵。谈起多年来的生活，说还勉强，只是"大跃进"时期粮食不够，吃些乱七八糟的，胀肚。关心我，又不便深问，表现为无可奈何的样子。午后作别，她送我到村外。我上了车，走一段路，回头看，她还站在那里。就这样，我们见了最后一面。其后，依照又一次正确的政策，我回到北京，可是从另一个外祖家表弟的口中，间或听到她的消息，都是不幸的。先是她的儿妇被一个半精神病人暗杀，事就发生在她的宅院里。其后是表兄先她而去。再其后是不很久，她也下世了。其时是七十年代晚期，大概活了七十五六岁吧。年过古稀，不为不寿，可是我想到她的天赋，她的一生，总不免于悲伤，秀才人情，勉强凑了一首七绝，词句是："黄泉紫陌断肠分，闻道佳城未作坟（因不得占耕地）。宿草萋萋银钏冷，此生何处吊嫛（《楚辞》，女嫛，姐也）君？"算作我虽然远离乡井，却没有忘掉她。

离开这位大姐，也就离开容纳儿时之梦的青龙湾。祸不单行，一九七六年唐山大地震，家乡的房屋全部倒塌。如果依传统，只有乡井的故居才算家，我就无家可归，看青龙湾，在堤上漫步的机会就更没有了。但世间的事也会有始料所不及的，是十年之后，由于某种机缘，我同已经没有城的香河县城的一些上层人物有了交往。上层诸公觉察我有无家可归的心情，就慷慨表示，欢迎我常到县城住，说这里仍是"香河"，就把县城看作家。我当然愿意有个故土的家，于是节令或春秋佳日，就常到这新家走走，住个短时期。住在县城，多有机会出去看看，于是就又看到青龙湾，而且不止一次。

是八十年代后期的一个早春，我初回这新的故土，吃住之外，为了表示欢迎，东道主还安排一次看附近的河道之游。旧文献提到的香河（河水香还是河中花香，没说清楚）不在其内，因为早已找不到了。由城西北起，先看潮白河。河道宽大，可惜水很少。转而南行，西部由北而南是运河。这条河我常见，北到通县，南到天津，都有；还常渡过，如河西务，就是这一次到香河，也是过了运河的桥才入县境的（河西属通县）。面熟，即使也可以看看，总是不新奇，于是重点就放在运河和青龙湾的分合处。东南行，走了一会儿，转西，又走一段路，到了。像是也只能瞭望大片黄沙，并不像地图上画的那样丁是丁，卯是卯。其后是沿着青龙湾往东南走了一段路，想到靠近家乡的那一段，也许还有三四十里吧？总是又看见了。

其后不很久，以某种机缘，我又到故土，在城南的五百户镇住了三四天，下榻于镇西南部的卢家小院。镇南距青龙湾只有一二里，出小院门是个池塘，池塘之南有个小树林，出树林就可以望见青龙湾的北堤。当然愿意去看看。由紫君陪同，去了。走到堤以内，坐在林中的白沙之上，东南望，谈人生遇合，天心与诗意，真不禁有出尘之想。东道主卢家老夫妇朴厚，热情，晚饭对坐饮白酒，其情景也是多年来住都市难于梦见的。三四天很快过去，赋别，填《浣溪沙》一首，词句是："市井西南一径斜，疏篱犬吠几人家。明窗粉壁梦中花。　　妙意丁宁归翰墨，珠帏鼙蹙记年华。车尘去处是天涯。"就这样，我上路，离青龙湾以及卢家小院又远了。

没想到还会有机缘。是一九九三年的中秋节，我忙里偷闲，不忘旧梦，到新故土去赏"月是故乡明"之月。前一日到，而"月出于东山之上"的时间则不能提前，暇时过多，如何处理？顺时风，旅游。规划是看开始建的天下第一城，然后是香城屯的古银杏树，最后是新建而已建成的田园式度假村。照规划办理，车早饭后出发，过安平镇，绕名为天下第一的小城一周，南行，至某地转为东行，见河堤，一问，才知道是青龙湾的南堤。香城屯和度假村在河北，要渡河。不久就向北转，上南堤，下河身。我下车，东西望望，沙和柳林依旧，只是水已经是这里一洼，那里一洼。这有如人之衰迟，真不敢回首当年了。当年，下行不远是杨家场，人呢？可怀念的都已是多年泉下了。但究竟是青龙湾，系儿时梦的地方，我还是以堤上树、堤下水为背景，照了相。过了河，车北而转东，竟走进五百户镇。

我没有忘卢家小院，当然要去看看。二位老人仍健旺，院内绿窗、院外池塘也依旧，人事有变，也只好安于还未逝去的，也照了相。照是想留，想抗逝去。与定命相比，人终归是微弱的，抗得了吗？

　　附记：往杨家场的时间记忆有误，应为一九六三年三月，送我母亲骨灰回家之时，其时严氏大姐年刚过花甲。

城

城，就来源说不温雅，是为防守；用诛心之法深挖，是内，舍不得自己的所有，外，把不少人看成小人或敌人。事实是确是有小人或敌人，于是经验是，实利经常比理想分量更重，人，有了较多的财富，包括子女玉帛之类，并有了权，就（下令）筑城。财富和权有大小，城也就有大小。最大的是现在还夸为国宝的万里长城。其实又有什么可以夸耀的？不过是自己外强中干，怕匈奴南下牧马而已。理论上，对付南下牧马，还有两种办法。一是自己有大力，新词儿曰威慑力量，使不安分的异族不敢南下牧马。二是自己有大量，视南下牧马为无所谓，这还有个说法，曰"人失之，人得之"。显然，这只是理论，至于事实，大力来于励精图治，大量来于视人如己，有了权，容易把享乐摆在第一位，理论上的两种办法就都行不通了。结果是还得筑城，权大筑大的，权小筑小的；大还包括多，如皇帝老子，凑全了应该是，城之外有郭，即外城，城之内有皇城，皇城之内有宫城（清朝名紫禁城）。皇帝之下有官，官有大小，依例而城也有大小，于是而有省城、府城、州城、县城，又于是而大大小小之城遍天下矣。

人，有理想的一面，是讲理，或希望讲理；但更多的是事实一面，既来之，则安之。对城也是这样，既然有了城，日久天长，就觉得还是以有它为好。这感觉也不无理由，以《清明上河图》所描画为例，上河，无妨出宋门野一阵子，至于华灯已上，登玉楼，倦倚屏山，就还是以入宋门为是。且说宋门以内，还有个不容忽视的优越性，是有了城，多人聚居，会带来繁华和方便。除了巢父、许由、马祖、赵州之流以外，有几个人不欢迎繁华和方便呢？

我是常人，当然也欢迎这样的繁华和方便。并曾设想，由于某种原因，要长途跋涉，劳累，口渴腹空，到日薄西山的时候，眼前终于出现了雉堞，其时的心情会是什么样子呢？是真就宾至如归了。单说想象中，是再走一段路，就可以在城门外或内，找到个《老残游记》那样的高升店，也许竟如卢生住的邯郸旅舍，主人还蒸黍米饭，供应饭食吧？那就可以"解衣般礴"，喝白干，佐以花生仁，然后饱餐黍米饭，兼听"画角声断谯门"了。

这是与城有关的诗的生活。诗与梦是近邻；梦想太多不好，因为容易随来破灭。那就还是想想实实在在的。我的出生地是农村，在京津之间。没有机会到较近的天津和较远的北京看看，但童年想象力强，希望迫切，常常闭目设想，就在不很远的地方，有豪华，有热闹，这豪华和热闹是在一个高大的城墙里。城墙有多高呢？城门是什么样子呢？很想看看。直到过了十岁，才有机会，第一次看到城，并穿过城门进了城。但那不是天津城，更不是北京城，而是本乡本土的香河县的小城。记得其时我还上初级小学，是秋末冬初，县里开小学生成绩的观摩会，各校都挑选几个学生为代表去参加观摩。我也许不像现在的甘居下游吧，由老师选中了。十个八个人，由老师带队，早饭后出发，步行向西北，还要涉水过运河的支流青龙湾，约五十里，很累，但到太阳偏西时候，终于远远地望见南面城墙的垛口。其时我是初见世面，觉得城墙很高，有小村庄所没有的威风。接着想到，能走进这样的城，与未被选中的同学相比，真是高高在上了。于是忘了劳累，加快往前走。不久走到南门前，更细端详，门拱形，高大，深远成为洞，都是过去没见过的。入了门，往前瞭望，直直的一条长街，两旁都是商店，像我们这小村庄来的，真不能不自惭形秽了。走到接近北门，住在门内路东一个客店里。夜里，想到有生第一次住在城里，很兴奋，也很得意。早晨，天微明，躺不住了，爬起来，几个人一同登城。记得是半走半跑地往西行，眼忙着看城内的人家，城外的树木。不久就绕回来，余兴未尽，都同意，又绕一圈。几天过去，原路回学校，向未选中的同学述说所见，着重说的就是那个方正而完整的砖城。

离开家乡以后，几十年，我到过不少地方，也就见过不少城。印象深的当然是住得时间长的。以时间先后为序，先是通县，后是北京。通县，最使我怀念的是新城西门，那是晚饭后或星期日，多数往门外以北的闸桥，少数往城西的八里桥，都要出入这个门。闸桥是通惠河上的一个闸，其时河上已不行船，岑寂，或说荒凉，立其上，看对岸墓田，水中芦苇，我常常想到《诗经·秦风·蒹葭》，并默诵"所谓伊人，在水一方"。我是有所思，思什么呢？自己也不清楚。但这是生活，值得深印在心里的。离开通县，到了最大的（也许要除去南京）北京城。我住内城，常到外城，并不断出城，可以说，生活总是与城有拉不断扯不断的关系。最难忘怀的是经由西直门出城，有时是与三五友人往玉泉山，坐山后，共饮莲花白酒，然后卧林中草地上听蝈蝈叫。更多的是与墅君结伴，游农事试验场，麦泛黄时，坐麦田中听布谷叫，晚秋，坐林中土坡上听蟋蟀鸣。一晃几十年过去，城没了，出入城门，游园，并坐话开天旧事，都成为梦。有的人并默默地先我而去，因而有时过西直门，心中就浮起李义山的两句诗："十年泉下无消息，九日樽前有所思。"

随着拆城的一阵风，我第一次见的香河县小城也没了。远望城垛口，住城门附近小店，听"画角声断谯门"的梦真就断了。对于城，如果仍恋恋不舍，就只好安于李笠翁的退一步法，寻遗迹，看而想象其内外，发思古之幽情。语云，百足之虫，死而不僵，许多城高而且厚，斩草除根不易，遗迹也不会少。举其荦荦大者，如北京有元土城，南京有石头城，不久前与莉芙女士往郑州，还看到商朝的一个都城（仲丁迁的敖?）的遗址。可惜的是，与我关系最深的那个香河县小城却连遗迹也找不到。但因为时代近，变化的迹象易寻，城基，东西南北门，中年以上的人还能指出来。我近年有时到那里住个短时期，住所在东门附近，常常经过旧的东门和城东南角，就不由得想到昔年有城时候的种种。不免有黍离之思，秀才人情纸半张，曾诌七绝一首云："绮梦无端入震门，城池影尽旧名存。长街几许升沉事，付与征途热泪痕。"有征途，证明有聚散；有泪痕，证明我没有忘记这个小城以及其中的一些人。只是可惜，去者日以疏，至少是有时候，我对影感到寂寞，东望云天，确知已经不再有那个小城，连带的也就失去许多可意的，就禁不住为之凄然。

户外的树

记得三十年代前期，我也如其时的不少年轻人，多有所谓小资产阶级情调，写过一篇题为《院里的树》的小文，寄给上海某小品文期刊，还换得几元稿费。内容已经记不很清，大致是院里有一棵小树，高度仅可及屋檐，可是每日清晨，总可以招来几只麻雀，落在上面叽叽喳喳叫，我们喜欢听。冬日，雪天，它们叫得更繁碎，我们推测，这是找食物困难了，就打扫一块空地，撒一点米，隔窗看它们飞下地，啄食，心里感到安慰。一晃半个多世纪过去，文，小院，人，都远了，剩下的只是一点点怀念。所怀所念，内容也不少吧？想缩小范围，只说树，而且限于户外，推窗可见的。

《论语》有"鸟兽不可与同群"的话，我虽然也常常"畏圣人之言"，但在这方面，却心甘情愿地反一次圣道。甚至还想形于言，写一篇标题为《与鸟兽同群》的文章。甚至想写，起因有消极一面的，是觉得，与有些人相处，不像与鸟兽相处那样容易；还有积极一面的，是与鸟兽同群，所得为，至少是短时期，置身于另一境界。什么境界？用孟嘉府君的话说，"渐近自然"吧。可是与鸟兽同群，就最好有树，或说不能离开树。引旧事为证，可以是家常的，记得郑板桥在家书中说过，喜欢听鸟叫，不如多种树；可以是诗意的，昔人词有云："百草千花寒食路，香车系在谁家树？"可见欢迎细马香车，也要先种树。

朝夕相见的树，昔年是院里的。但那是容许"自扫门前雪"的时代，纵使未列入四旧，也大部分被清除了。我就是这样，多年来改住异吃同住的楼房，推前后窗看，仍是楼房，也就不再有院落。可是有户，户外仍有空地，不知由谁选定，种的是杨树。我的印象，杨树有多种，这里种的也许是最不出色的一种，叶小，不光亮，落得早。但生机也不低，像是有意与四层高的楼房一决雌雄，只是几年，树梢就伸到楼顶以上。枝叶集于上方，下半部光秃秃，不好看。勉强找可取之点，是早晨也会飞来或多或少的麻雀，叽叽喳喳叫。此外是还有个鹊巢高踞树的顶端，可是很遗憾，总像是门庭冷落，不只看不见幼小的喜鹊黄口待哺，连成年的也很少飞来飞去。

我梦想能有个户外有树的柴门小院。什么树呢？即使容许挑选，也不容易决定。参考目所曾见，想来想去，仍是举棋不定。我幼年在家乡，住一个小村，有两家院里有高大的树，一家是椿树，一家是杨树，都有五六层楼那样高。高的好处是在远远的村外可见，但有个大缺点，是小院拘束不住，就像是不情愿与主人相伴。更多的人家是种槐树或榆树。院内种槐，昔人还有什么说法，如远有"三槐堂"，近有"古槐书屋"就是。只是我很不喜欢槐树，是因为到夏秋，必生一种绿色的俗名"吊死鬼"的槐蚕，口含一根丝下垂，颤抖，很讨厌。榆树的缺点也是容易生虫，不是下垂的，却也撒满地虫粪。家乡习惯，院里不种桑树、柳树，推想是桑与"丧"同音，柳与"花"容易合伙，使人想到香艳以及水性杨花吧。走出家门，随着僧尼走入禅林，常常会看到三种或说两类长寿树，松柏和银杏。也许看见这类树，会联想到出世间，产生凄清之感，入世的柴门小院很少种。

我一生住北地，院里最常见的是枣树。同性质的，既利于目又利于口的，我还见过柿树和核桃树。三种树，以柿树为最美，叶大，浓绿而有光，入秋果实变红，那就真可以入画。核桃树的果实不美，但是褪去带刺的包装，如果体积大，也就坚实可爱。印象深的是舒君窗前的一株，论年龄，只相当于幼儿园与小学之间，可是每年也结果几十个，而我也就能够收到三五个。与人相比，枣树是孟光一流，不美，却能耐苦，不管旱涝，是否施肥，中秋前后总可以挂满长圆形的红红的果实。

选择品种植于院中，还有表身份的一路。我有个老友王君，年近古稀，住平房，门前有个小院，小到大踏步，不足十步就碰到南墙。可是他有理想，或说幻想，是窗前种竹，再想法找一块太湖石，与竹丛相配。这是高士思想，也许如苏长公之不合时宜。他终于未能移来竹丛，找到太湖石，就往生西方净土了。我想，不是高士，而是佳人，竹丛伴太湖石就不合适，要在闺房之前种海棠和丁香。海棠取其色，所谓"花想容"是也；丁香，不用说，是取其香，所谓"衣香鬓影"是也。但这样的佳人是旧时代的，改革开放，遍街巷卡拉OK，纵使仍有闺房，也当"尽日无人属阿谁"了吧？

还是撇开高士和佳人，为自己打打小算盘。昔年，我曾住一个小院，院里不只有树，而且是两种，枣树和合欢树（其花名夜合花或马缨花）。与枣树相比，合欢树是矮胖型，枝干，叶，尤其花，很美。我喜欢这棵树，可是"大革命"来了，我不能不离开它，而不久，小院也化为空无，树就更不可问了。我有时想到这个小院，以及院里的树，并曾形诸吟咏，如一首《浣溪沙》的上片有云："午梦悠悠入旧家，重门掩映碧窗纱。夕阳红到马缨花。"这最后一句是由项莲生那里借来的，因为恰好合用，也就乐得省力了。

细想想，推窗可见的树，枣、柿也好，合欢也好，都难免美中不足，是不能招来由南方飞来的多种候鸟。这多种候鸟，有一种，如鸽那样大，全身娇黄，也许就是黄鹂吧，常在树的枝叶间跳来跳去，很好看。另一种，体略小，黑褐色，不知叫什么名字，鸣声高亢而清脆，四个音节，很多人理解为"光棍好苦"，尤其是清晨枕上听到，使人不禁兴起花落春归、一年容易的怅惘。这样的鸟总是喜欢在茂密的树林里游荡，不到院里来，所以想与它们同群，就要走出家门，到树多的地方去。这在都市，就很不容易。所以有时，算作幻想也罢，我还是希望，在离开闹市的什么地方，能有个柴门小院，院里有树，三五株，出门不远还能看到"平林漠漠烟如织"。如果真就能够这样，那就开窗能看到土著的麻雀，春深时节走入长林，能看到多种候鸟，与鸟兽同群的愿望，就说是未能全部实现，也差不很多了。

灯

　　日常用具之中，灯与夜为伴，所以就会带来一些神秘，也就富有诗意。这是粗说；细说呢，就会遇见不少缠夹，比如灯是照明的，可是欣赏神秘，欣赏诗，现时一百瓦的电灯泡就不如昔日的挑灯夜话或烛影摇红。何以会有兴趣说这些呢？是日前为一本书的封面，往左安门外方庄访张守义先生。上九楼，入座，守义先生不改旧家风，言和行毫无规划，灵机碰到什么是什么。于是拿起一本他设计封面的西洋文学书，让看封面。封面主体是人像，左上角却有个三支火苗的灯。接着由西方的灯讲到本土的灯，说："就因为画这个灯，我想搜集中国旧时代的灯，勤逛旧货摊，已经买了五十多。"说到此，以为我们必有兴趣看，就到书柜、抽屉等处找。居然就找来十几个，都摆在桌面上。我就真有了兴趣，因为其中一个两节白瓷的，我看像是宋代的，使我想到晏小山词"今宵剩把银釭照"。其后由银釭就想到许多与灯有关的旧事，也就犯了老病，有些感伤。语云，情动于中而形于言，索性就说说吧。

还有乾嘉学派的病，先说说灯和烛的关系。不忘新风，先要查出身。烛靠前，早期是点火把，其后（也许早到秦汉吧）用凝固的油质中间夹捻，油质多为蜡，所以也称为蜡烛。烛有优越性，是可以在上面玩花样（如范为龙凤之形），美观；而且方便，用不着陆续加油。但美观、方便就成本高，所以小家小户就宁可用灯，办法是用个浅碗，加油，碗边放个能吸油的捻，燃伸到碗边外的一端，发出细长而圆的火苗，也可以照明。也就因为在照明这一点上，灯和烛相通，又灯更常用，所以较少的时候灯和烛可以通用，更多的时候通称为灯，如掌灯时分、上元观灯等。这样，灯就实和名都吞并了烛，本篇也就只好走趋炎附势的路，说灯而有时所指是烛。

说灯，可能从功利主义出发，那就应该说，我现在用的电灯，比我母亲自己过日子时候用的煤油灯好，我母亲用的煤油灯，比我祖母年轻时候用的黑油棉花捻灯好。扔开功利主义，或换为另一种功利主义，所求不是亮堂堂，而是闭目想象"蜡炬成灰泪始干"的情况，与昔日的灯比，现代的还能占上风吗？人生就是这样复杂，至少是有些人，向夫人请假后出门，想坐的不是奔驰，而是驴背。照明亦然，至少是有些时候，有些境地，手把银钉照，就会比在亮如白昼的大厅中面面相觑更有意思。

而说起有意思，先进人物必认为同样有阶级性。我不知道我这连旧灯也不能舍的人应该划入什么阶级，只好躲开阶级性，只说时间性。时间，可以是众人的，那就至晚也要由周口店说起，他们也"夜阑更秉烛"吗？还是以不为古人担忧为好，只说我个人的。就用灯的情况说，我幼年是中间人物。很小时候，大概用过上无罩的油灯吧？因为分明记得，家里有土名为"油壶"的灯，高半尺多，上为小孩拳头大的盛油的壶，口上有盖，盖中间有小孔，可穿过灯捻，下部为圆柱，是把手。记得质料是缸一类，烧棉花籽油。捻直立居中，是改进型，但点着，仍是火光荧荧，与文献中常提到的"青灯"不异。总是清皇逊位的前后吧，用洋铁桶装的美孚牌煤油传入，与之相伴，市上出现了玻璃制的煤油灯。分上下两节。下节如上面说的油壶，把手之上有装煤油的扁圆油壶；盖改良，为金属制，穿过扁形捻，捻外有上部开口的罩，总名灯口。上节是个玻璃罩，圆形，靠下涨为大肚，为便于散光，再上为长圆筒，作用为吸气助燃，总名灯泡，所以灯也名为泡子灯。分大、中、小三种，富户讲排场的用大号，当时看，堂上烛燃，就真有亮如白昼的感觉。一般人家大多是一再沉吟之后才买个小号的，但与过去的青灯比，就如连升三级了。就是在这样的灯光之下，冬夜，我们几个孩子围坐在土炕上，祖父身旁，听祖父讲黄鼠狼的故事。祖父大概识字很少，不能读《聊斋志异》，也就不能讲鬼狐的故事。如果能讲，至少我现在想，就不如启用那个已经退休的油壶。比如讲连琐在墙外吟诵"元夜凄风却倒吹"的诗句，青灯之火欲明欲灭，鬼影才能若有若无，过于亮就不成了。

有关灯的记忆，最鲜明也就常常怀念的是在室外，名为灯，实际是点蜡烛。主要是三个节日，上元、中元和除夕。上元观灯，顾名思义，是在灯上做文章，求美，求花样新奇，求多，求光亮，直到用谜语的形式炫才争胜。我们家乡落后，财力、学力都不够，于是迁就自己的条件，改看灯为看会，也用灯，因为会的活动是在夜里。会有多种，如中幡、高跷、小车等等。一个镇或一个村，会只有一种，表演则集中在某日（上元或上元前）的某一村镇。灯用灯笼，即中心点蜡烛，外围有纸罩的一种。分豪华与普通两种形式：豪华的体大，罩作圆球形，纸或用彩色；普通的罩为圆柱形，糊白纸。上元夜，黄昏时出会，多种会依惯例排次序，如中幡总是排第一。表演是挨家挨户访问式，即到每一户门外表演一阵。住户要表示欢迎，门前张灯，设长桌，上陈茶点，女眷立在桌后看（不尾随看）。男性喜欢某一种会，可以尾随看。会多，人多，举目，远近都是灯火，表示人都在欢快中，有意思。更有意思的是如张宗子在《陶庵梦忆》中所说："止可看'看七月半之人'。"这看会之人中的女眷，尤其大家大户的，不是上元夜，是没有机会看到的。其时我还没读过"月上柳梢头，人约黄昏后"，心目中更没有这样一个"约黄昏后"的人，所以就只能尾随某一种会之后，少看会而多看看会之人。也曾如游普救寺的张君瑞，唱"颠不剌的见了万千，似这般可喜娘的庞儿罕曾见"吗？像是不曾有这样程度深的。浅的呢？记得昔年填歪词，写更早的昔年，曾有句云："记得上元曾相见，街巷喧阗，灯下桃花面。"这是"见"，如果前行发展为"可欲"，也会心乱吧？总是都随着"过去"过去了。但要感谢灯，还给我保留这一点点春光的痕迹。

再说中元，旧历七月十五日，夜晚的放河灯。这个节来历不明，或不单纯，道教说是道教的，佛教说是佛教的。道观用什么仪式纪念，不清楚。佛寺的仪式名盂兰盆会，盂兰为梵语译音，救苦之义，用这样的盆装食品，施舍，可以使饿鬼得救。我当年住在广化寺旁，见这一天还糊大法船，入夜诵经，把船烧了。我们家乡是既不念经，又不施食，而是放河灯。村东北角有个水塘，水不浅，入夜，由几个通水性的壮年男子下去，把用半个打瓜（比西瓜小的一种圆形瓜，皮厚）皮，内插蜡烛做的灯送到水面上。灯多，放完，上百的灯火在水面上摇动，未必好看，却很新奇。家乡人没有考证癖，没有人问这是想干什么。但也觉得大概与鬼魂有关，总是对死去的人有什么好处吧。其时我还相信有所谓阴间，于是飘摇于水面上的灯火就使我想到现世背后的神秘，有些怕，也有些凄凉。

最后说除夕，灯，最多，与我们最亲近，是这一个夜晚。由几天之前就要准备，泡子灯，缺什么零件，以及煤油、蜡烛都要买齐；由装用具的屋子里找出若干灯笼，要打扫干净，糊纸。到除夕的黄昏时分，依旧俗的规定，住人的屋子都要点上泡子灯，不住人的挂灯笼。室外，院内立高竿，顶上悬灯笼，并说明用意，是"吉星高照"。大门外，自己家的灯笼挂在门口，公用的灯笼挂在横于街道的粗绳上（一条绳挂四五个，每隔二三十米有一条绳）。这样，入夜，室内室外，就成为遍地是灯。最亲近的是走到室外，走上街头，自己手里有的用尺余小木棍挑着的灯笼。上街头做什么？同三五个小伴侣（没有女孩子）去游荡，放鞭炮，间或比谁扔得最高，声音最响亮。走到街尽头最有意思，回身看街道，灯火如繁星，低头看，自己手里还有一个，灯像是既送来繁华，又送来温暖。手提灯笼，成群结队，还可以到邻居家里，登堂入室，看看这，看看那，连主人也表示高兴。就是这样，除夕前半夜的几个小时，灯就使熟悉的家常变为身心都可以放开的梦境。

且夫梦，如庄周，惯于作逍遥之游，也是难得维持长久的，于是我就别了油壶之灯，泡子灯之灯，换为通电之灯。随着灯光的加强，昔日的欢娱像是就不再有。仍有夜，就还要以灯为伴，只是它的作用，以文学艺术的宗派为喻，成为彻头彻尾的现实主义。比如它可以伴我读书，寻梦境：

> 日暮酒阑（不用说，早已点灯），合尊促坐，男女同席，履舄交错，杯盘狼藉，堂上烛灭（光暗下来）。主人留髡而送客，罗襦襟解，微闻芗泽。当此之时，髡心最欢，能饮一石。（《史记·滑稽列传》）

堂上的烛已经灭了，我眼前的电灯却还是白亮白亮的，这是现实主义不容许遐思存在，正如《义山杂纂》所说之"松下喝道"之类，大煞风景了。

新灯不如旧灯，还有比由读书而遐想表现得更为鲜明的。我总角没有闻道，及至华年已去，还是望道而未之见，因而斗室面壁，就常常有"旧雨来，今雨不来"的悲哀。如新风之大批判，这今雨不来的悲哀也可以升级，于是有那么一个夜晚，旧记忆引来新愁苦，就无论如何也不能入睡。对应之道，现代化是服安眠药，我不能现代，又不能学习净土宗优婆夷之手数念珠，口宣佛号，只好仍是秀才人情，伏枕拼凑平平仄仄平。居然就凑成一首，诗云：

感怀仍此室，闻道竟何方。有约思张范（后汉张劭、范式为生死交，不爽约），忘情愧老庄。生涯千白简（纠弹之文），事业一黄粱。欲问星明夜，摇红泪几行？

"摇红"是烛，所以真就能够陪着人落泪，电灯就没有这样的本领。我伏枕拼凑，写蜡烛陪同落泪之情，枕上高悬的却是电灯，逝者如斯，真是太遗憾了。

有遗憾最好能够补偿。换为祖先用的蜡烛或油灯吗？千难万难。也就只好暂时逃离现实，到"幻想"的领域里想想办法。而一想就想出一个，是买个昔年的灯，最好是宋代白瓷的，放在案头。"今宵剩（尽管）把（持）银缸照，犹恐相逢是梦中"的事是不会有了，无妨乞援于佛家的境由心造，星宵月夕，独坐斗室，身静心不静之时，念远无着落，就可以移近，目注这盏银釭，想象远人竟至近了，于是默诵晏小山这两句，也许此情此景，片时间真就疑为"梦中"了吧？梦，有如《枕中记》的卢生，真的玉堂金紫难能，只好退一步，满足于仙枕上的繁华，是可怜的。但与毕竟空相比，感觉为有或想象为有终归是有所得，这所得，也总是灯之所赐吧。

结尾的高风

知惭愧，降点温，至少是有志入隐逸传的人可以少听几次悼词八股，也可以算是大功德了吧？

梁漱溟

写下这样一个题目，先要说几句请读者不要误会的话。梁先生也属于歪打正着，因受压而名气反而增长的人，近几年西风渐猛，介绍梁先生事迹也成为热门，又他的著作，书店或图书馆的架子上俱在，所以，照史书列传那样介绍已经意义不大；我还要写，主要是想说说我对梁先生的狂妄想法，其间提到梁先生的星星点点，殆等于挂角一将。自知狂妄而还有胆量说，是考虑到，梁先生和我都是出入红楼的北大旧人（他讲六年，我学四年），受北大学风的"污染"，惯于自己乱说乱道，也容忍别人乱说乱道，所以估计，如果梁先生仍健在，看到，一定是"相视而笑，莫逆于心"。可惜我错了，不该晚动笔；或者是他错了，不该急着去见上帝。

就由名气增长说起。受压，不只他一个人，自然就说不上稀奇。稀奇的是他不像有些有大名之士，识时务者为俊杰，每次新的运动或新的学习到来，就大作其检讨八股，说过去糊涂，现在受到教育，恍然大悟或又明白一些云云。这里插说一点意思，检讨中说又明白一些的其实是已经彻悟，因为能够鉴往知来，给下次的检讨留有余地；说恍然大悟表示除了根，下次检讨就难于着笔了。言归正传，梁先生就不同，是不只不检讨，反而敢于在大力压之下声言要讲理，纵使不了了之之后也曾闭门思过。这显然失之过于迂阔。但迂阔，其外含有硬，其内含有正，所以可敬；尤其在山呼万岁和"滚下来"之声震天的时候，能够不放弃硬和正，就更加可敬。

就算是挂角一将，既然以梁先生为题，也要说说我和他的一点点因缘。他早年的重要著作，《东西文化及其哲学》，以及近年的一些著作，我粗粗地看了，印象留到下面说。我和他只通过一次信，是四十年代后期，我主编一个佛学月刊，当然要约请北大讲佛学的前辈写文章，于是给他写信。记得那时他在重庆，回信说，他不写，也许我的信提到张东荪吧，他说张东荪聪明，可以写。我是受了《红楼梦》第五回"聪明累"曲词"机关算尽太聪明"的影响，觉得他的话含有不敬的意思，所以感到奇怪，或者说，感到这样写的人有些奇怪。最近看报，才知道还有更甚者，是他复某先生信，表明自己不愿意参加什么纪念宴会，理由是某先生曾谄媚某女霸云云。我进一步明白，梁先生于迂阔之外，还太直，心口如一到"出人意表之外"。解放后他来北京，恍惚记得在什么会上见过，正襟危坐，不是寡言笑，而是无言笑，十足的宋明理学家的风度。他住在德胜门内积水潭西的小铜井一号，积水潭西岸是他父亲梁巨川（名济）于民国七年"殉（清）国"投水自杀的地方，卜居于此，不知道是否有悼念的意思。这次住北京，他不再讲佛学，改为"从"政，讲治平，接着就成为顽固不化的代表人物，我当然不便登门。一九七六龙年诸大变之后，无妨登门了，又因为无可谈（理由见后），所以就始终没有去看他。直到一九八八年，母校北大建校九十周年，承纪念文集《精神的魅力》的编者不弃，我写了一篇纪念文章。书出版后送来，一看，文章次序是依齿德排的，居然有梁先生一篇，他生于一八九三年，高龄九十五，荣居榜首。我名列第四，一则以喜，一则以惧。惧的原因是"冯唐易老"，可不在话下。喜呢，是仅仅隔着冰心、冯至两位，可说是间接与梁先生联床了。梁先生这篇《值得感念的岁月》是口述别人记录的，翻腾了北大的一部分老家底，我看了感到亲切；其中多提到蔡元培校长，他心情恭顺，态度谦和，我才知道梁先生原来是也会点头的。

对我的狂妄想法而言，以上是楔子，以下才是正文。梁先生直，追本溯源，近是来于其尊人梁巨川，远是来于天命之谓性。直，必自信，因为直之力要由信来。这自信也表现在学业方面。在这方面，就我深知的许多前辈说，他与熊十力先生和废名先生是一个类型的，都坚信自己的所见是确定不移的真理，因而凡是与自己的所见不同的所见都是错的。这好不好？一言难尽。难，因为显然不能反其道而行，不相信自己之所见。由这种坚往宽松方面移动，近可以移到承认人各有见，远可以移到推想自己的所见也可能错。近是客观所有，但这三位，我推想，是不会用民主的态度看待各有所见的别人的，因为他们坚信自己的所见，并由此推论，别人的不同所见必错。这样，他们的宽松刚移到承认人各有见就搁了浅，自然就永远不会再移动，到推想自己的所见也可能错的地方。而其实，正如常识所常见，所见，不管自信为如何高明，错的可能终归是有的。还是总说这三位，因为惯于多信少疑，至少是我觉得，学业兼表现为品格就长短互见：长是诚，短是不够虚心。但这是大醇小疵，我们理应取大而舍小。

深追一步，正面说梁先生的所见。当然主要还是说我的所见，不能翻腾梁先生的学业家底。这里借用王阳明知行合一的说法，推想梁先生一定相信，他是"行"家，"知"是为他的"行"服务的。我不这样看。比如与北大的另一位，也是多年受大力之压的，马寅初先生，相比，就一眼可以看出有大差别。马先生的眼睛多看"人"，所以虽也悲天，但着重的是悯人。他不停于论，而是以论为根据，想办法。可惜被"人多力量大"的有权威的高论一扫，连人也束之高阁了。梁先生呢，似乎更多的是看"天"，即多想萦回于心中的"理"，虽然不至如宋儒那样，由无极、太极起的一贯形而上，但理终归是理，无论怎样像是明察秋毫，头头是道，却不免于坐而可言，起而难行。我有时甚至想，在眼向外看的时候，至少就气质说，梁先生，与其说近于写《乌托邦》的摩尔，不如说近于写对话集的柏拉图，或者再加一点点堂吉诃德，因为他理想的种种，放在概念世界里似乎更为合适。这是迂阔的另一种表现，由感情方面衡量，可敬；由理智方面衡量，可商。有的，说重一些，至少由效果方面看，还近于可笑。可是很对不起梁先生，我没有去商。责任的一半在我，因为自顾不暇。另一半，我大胆推给梁先生，因为我深知，对于不同的所见，尤其出于后学的，他是不会采纳的。

　　还可以再往深处追。梁先生以治佛学入北大，出入红

179

楼，所讲仍是佛学。与熊十力先生相似，梁先生也是由释而儒。但改变程度有深浅之别。熊先生张口闭口大《易》，却没有丢掉唯识。梁先生年轻时候信佛，曾想出家，"从"政以后，虽然仍旧茹素，却像是不再想常乐我净方面的妙境，而成为纯粹的儒。与法家相比，儒家是理想主义者，相信人性本善，人皆可以为善。而世间确是有不善，怎么办？办法还是理想主义，比如希望君主都成为尧、舜，臣子都成为诸葛亮、魏徵。希望多半落空，怎么办？理想主义者一贯是坚信，暂时可以落空，最终必不落空。理想主义者总是彻头彻尾的理想主义者。我呢，也许中了老庄和《资治通鉴》两类书的毒，虽然不敢轻视理想主义，却又不能放弃怀疑主义，甚至悲观主义。也渴望治平，而对于如何如何便可以鸡犬超升的妙论，则始终至多是半信半疑。这里，显然，我和梁先生就有了不小的距离。恕我狂妄，在梁先生作古之后还吹毛求疵。我总是认为，梁先生的眼镜是从 Good 公司买的，于是看孔、孟，好，看人心不古的今人，还是好，直到看所有的人心，都是好。可是就是这样的他眼镜中的好人，集会批判他了，因为他是不隐蔽的孔子的门徒；孔子早死了，抓不着，只好批其徒。他不愧为梁先生，恭聆种种殊途而同归的高论之后，照规定说所受教益，还是老一套，就是大家熟知的："三军可夺帅也，匹夫不可夺志。"事过境迁，现在有不少人赞叹了，我则认为梁先生明志，引《论语》还引得不够。应该加什么？显然应该加上另外两句：一句是"道之不行，已知之矣"；另一句是"不可与言而与之言，失言"。这也就可证，梁先生是地道的理想主义者，甚至空想主义者，我则加上不少的怀疑主义甚至悲观主义了。梁先生的地道，可敬，也可怜；我的杂七杂八，大概只是可怜了。

还是专说梁先生。说可怜，是来于同情。因为梁先生是北大的前辈，我的同情心就更盛，有时闭户凝思，甚至还会落一滴两滴同情之泪。落泪，主要不是为他受了屈，是为他迂阔，以至于"滞"得可怜。至于开了门，面前有了别人，那就应该专说可敬。可敬之处不少。有悲天悯人之怀，一也。忠于理想，碰钉子不退，二也。直，有一句说一句，心口如一，三也。受大而众之力压，不低头，为士林保存一点点元气，四也。不作歌颂八股，阿谀奉承，以换取絜驾的享受，五也。五项归一，我觉得，今日，无论是讲尊崇个性还是讲继承北大精神，我们都不应该忘记梁先生，因为他是这方面的拔尖儿人物。

刘半农

刘半农先生是我的老师，三十年代初我在北京大学上学，一九三三年九月到一九三四年六月听了他一年"古声律学"的课。他名复，号半农，江苏江阴人。生于清光绪辛卯（十七年，一八九一年），是北京大学卯字号人物之一。说起卯字号，那是北京大学老宅（原为乾隆四公主府，在景山之东马神庙，后改名景山东街，又改为沙滩后街）偏西靠南的一组平房，因为住在那里的教师有两位是光绪己卯年（五年，一八七九年）生，有三位是辛卯年生。卯就属相说是兔，于是己卯年生者成为老兔，辛卯年生者成为小兔，其住所的雅称为卯字号，义为兔子窝。卯字号的小兔，名气最大的是胡适之，其次才是刘半农和刘叔雅。

半农先生来北大任教是民国六年（一九一七年），民国九年往法国留学，六年后得博士学位回国，仍在北京大学任教。

半农先生的学术研究是语音学，最出名的著作是《四声实验录》。这部书从音理方面讲清楚汉语不同声调的所以然，使南朝沈约以来的所有模棱解释一扫而光。但他是个杂家，有多方面的兴趣。据说早年在上海写"礼拜六"派文章，署名"伴侬"，半农的大号就是削去两个人旁来的。他还治文法，所著《中国文法通论》在中国语法学史上也占一席地。专攻语音学以后，他仍然写小品文，写打油诗（用他自己的称谓）。写这类文章，常用别号"双凤皇砖斋"和"桐花芝豆堂"，前者取义为，所藏之砖比苦雨斋（周作人）所藏多一凤皇；后者取义为，四种植物皆可出油，也可见他为人的喜幽默，多风趣。他还谈论音乐，这或者是受他老弟名音乐家刘天华的影响；而且写过歌词，名《教我如何不想她》。他的业余癖好是照相，据说在非职业摄影家里，他的造诣名列第一。在这方面他还有著作，名《半农谈影》。他的照相作品，我只见过一次，是给章太炎先生照的，悬在北京大学研究所国学门。太炎先生半身，右手捏着多半支香烟，缭绕的烟在褶皱的面旁盘旋，由严肃的表情中射出深沉的目光，给我留下很深的印象。当时的学者都有聚书的嗜好，半农先生也不例外。我没有看过他的书斋，但知道贯华堂原刻七十一回本《水浒传》在他手里，这是他先下手为强，跑在傅斯年前面，以数百元高价得到的（中华书局曾据此缩小影印出版）。还有一件，是喜欢传奇志异，作古之前不久，他为赛金花写传，未成，由弟子商鸿逵继续写完，名《赛金花本事》出版。

以上是半农先生超脱的一面。专看这一面，好像他是象牙之塔里的人物，专力治学，以余力玩一玩。其实不然，他对世事很关心，甚至有"路见不平，拔刀相助"的肝胆。写文章，说话，都爱憎分明，对于他所厌恶的腐朽势力，常常语中带刺。"五四"时期，他以笔为武器，刺旧拥新，是大家都知道的。还有一次，大概是一九三二年或三三年吧，办《世界日报》的成舍我跟他说："怎么老不给我们写文章？"他说："我写文章就是骂人，你敢登吗？"成说："你敢写我就敢登。"半农先生就真写了一篇，题目是《阿弥陀佛戴传贤》，是讽刺考试院长戴传贤只念佛不干事的，《世界日报》收到，就在第一版正中间发表了。为此，《世界日报》受到封门三天（？）的惩罚，半农先生借北京大学刺多扎手的光，平安地过来了。

一九三三年暑后，我当时正对乐府诗有兴趣，看见课表上有半农先生"古声律学"的选修课，就选了。上第一堂，才面对面地看清他的外貌。个子不高，身体结实，方头，两眼亮而有神，一见即知是个精明刚毅的人物。听课的有十几个人。没想到，半农先生上课，第一句问的是大家的数学程度如何，说讲声律要用比较深的数学。大家面面相觑，都说不过是中学学的一点点。他皱皱眉，表示为难的样子。以后讲课，似乎在想尽量深入浅出，但我们仍然莫名其妙。比如有一个怪五位数，说是什么常数，讲声律常要用到，我们终于不知道是怎么求出来的。但也明白一件事，是对于声音的美恶和作用，其他讲文学批评的教授是只说如此如彼的当然，如五微韵使人感到惆怅之类；半农先生则是用科学数字，讲明某声音的性质的所以然。这是根本解决，彻底解决，所以我们虽然听不懂，还是深为信服。就这样学了一年，到考试，才知道正式选课的只我一个人，其余都是旁听。考试提前，在半农先生的休息室。题尽量容易，但仍要他指点我才勉强完了卷。半农先生笑了笑，表示谅解，给了七十分。我辞出，就这样结束了最后一面。提前考试，是因为他要到西北考察语音（？），想不到这一去就传染上回归热，很快回来，不久（七月十四日）就死在协和医院，享年才四十三岁。

暑后开学，延迟到十月中旬（十四日）才开追悼会。地点是第二院（即上面说的老宅）大讲堂，原公主府的正殿。学术界的名人，尤其北京大学的，来得不少。四面墙上挂满挽联。校长蒋梦麟致悼词之后，登上西头讲台讲话的很有几个人，如胡适之、周作人、钱玄同等。讲话表示推崇惋惜不奇怪，奇怪的是对于"杂"的看法不一致，有人认为白璧微瑕，有人反驳，说这正是优点。公说公的理，婆说婆的理，在北京大学是司空见惯，所以并没有脸红脖子粗就安然过去。到会的有个校外名人，赛金花。她体形苗条，穿一身黑色绸服，梳头缠脚，走路轻盈，后面跟着女仆顾妈，虽然已是"老大嫁作商人妇"的时期，可是一见便知是个不同凡响的风云人物。她没有上台讲话，可是送了挽联，署名是魏赵灵飞。挽联措辞很妙，可惜只记得上半，是"君是帝旁星宿，侬惭江上琵琶"。用白香山《琵琶行》故事，恰合身份，当时不知系何人手笔。不久前遇见商鸿逵，谈及此事，他说是他代作，问他下半的措辞，他也不记得了。没想到，过了几个月，商先生也下世，这副挽联恐怕不能凑全了吧。还有一副挽联，是编幽默半月刊《论语》的林语堂和陶亢德所送，措辞也妙，可惜只记得下半，是"此后谁念阿弥陀佛，而今你逃狄克推多"。

追悼会之后，日往月来，半农先生离我越来越远了。大概是五十年代，阅市，遇见旧货中有他写的两个大字"中和"，觉得意义不大，未收。仅有的一本他的著作《半农谈影》，有个朋友喜欢照相，奉送了。于是关于半农先生，我之所有就只是上面这一点点记忆了。

附记：书出版后，承陈子善先生见告，据《论语》期刊，赛金花挽联之下半为：下扫浊世秕糠又腾身骑龙云汉，还惹后人涕泪谨拜首司马文章；林语堂挽联上半为：半世功名活着真太那个，等身著作死了倒也无啥。

俞平伯

俞平伯先生原名铭衡，上大学时候就以字行。他是学界文界的大名人，主要不是因为有学能文，是因为很早就亲近宝、黛，写《红楼梦辨》（解放后修订版名《红楼梦研究》），有自己的所见，五十年代初因此受到批判。那虽然也是宣扬百花齐放时期，可是俞先生这一花，瓣状蕊香都不入时，所以理应指明丑恶，赶到百花园之外。但俞先生于谨受教之外，也不是没有获得。获得来自人的另一种天赋，曰"逐臭"，于是对于已判定为丑恶的，反而有更多的赏玩的兴趣。总之，原来只在学界文界知名的俞先生，由于受到批判，成为家喻户晓了。

以上说的是后话；谈俞先生，宜于由前话说起。依史书惯例，先说出身。至晚要由他的曾祖父俞曲园（名樾）说起。德清俞曲园，清朝晚期的大学者，不只写过《群经平议》《古书疑义举例》一类书，还写过《春在堂随笔》《右台仙馆笔记》一类书；此外还有破格的，是修润过小说《三侠五义》。科名方面也有可说的，中道光三十年（一八五〇年）庚戌科二甲第十九名进士，仍可算作常事，不平常的是考场作诗，有"花落春仍在"之句，寓吉祥之意，受到主考官的赏识，一时传为美谈。由科名往下说，他的父亲俞陛青（名陛云）后来居上，中光绪二十四年（一八九八年）戊戌科一甲第三名进士，即所谓探花。这位先生还精于诗词，有《诗境浅说》《乐静词》传世。这样略翻家谱，我们就可以知道，俞先生是书香世家出身，有学能文，是源远所以流长。

俞先生生于光绪己亥（二十五年，一九九〇年），推想幼年也是三、百、千，进而四书五经。到志于学的时候，秀才、举人、进士的阶梯早已撤消，也就不能不维新，于是入了洋学堂的北京大学。读国文系，当时名为文本科国文学门，民国八年（一九一九年，也就是"五四"那一年）毕业。毕业之后回南，曾在上海大学任教，与我关系不大；以下说与我有关的。

我一九三一年考入北京大学，念国文系。任课的有几位比较年轻的教师，俞先生是其中的一位。记得他的本职是在清华大学，到北大兼课，讲诗词。词当然是旧的，因为没有新的。诗有新的，其时北大的许多人，如周作人、刘半农等，都写新诗，俞先生也写，而且印过名为《冬夜》（其后还印过《西还》，我没见过）的新诗集，可是他讲旧的，有一次还说，写新诗，摸索了很久，觉得此路难通，所以改为写旧诗。我的体会，他所谓难通，不是指内容的意境，是指形式的格调。这且不管，只说他讲课。第一次上课，也是我第一次见到，觉得与闻名之名不相称。由名推想，应该是翩翩浊世之佳公子，可是外貌不是。身材不高，头方而大，眼圆睁而很近视，举止表情不能圆通，衣着松散，没有笔挺气。但课确是讲得好，不是字典式的释义，是说他的体会，所以能够深入，幽思联翩，见人之所未见。我惭愧，健忘，诗，词，听了一年或两年，现在只记得解李清照名句"帘卷西风，人比黄花瘦"的一点点，是："真好，真好！至于究竟应该怎么讲，说不清楚。"（《杂拌儿之二·诗的神秘》一文也曾这样讲）他的话使我体会到，诗境，至少是有些，只能心心相印，不可像现在有些人那样，用冗长而不关痛痒的话赏析。俞先生的诸如此类的讲法还使我领悟，讲诗词，或扩大到一切文体，甚至一切人为事物，都要自己也曾往里钻，尝过甘苦，教别人才不至隔靴搔痒。俞先生诗词讲得好，能够发人深省，就因为他会作，而且作得很好。

接着说听他讲课的另一件事，是有一次，入话之前，他提起研究《红楼梦》的事。他说他正在研究《红楼梦》，如果有人也有兴趣，可以去找他，共同进行。据我所知，好像没有同学为此事去找他。我呢，现在回想，是受了《汉书·艺文志》"致远恐泥，是以君子弗为也"的影响，对清朝的小说人物，不像对周秦的实有人物，兴趣那样大，所以也没有去找他。这有所失也有所得，所失是不能置身于红学家之林，也捞点荣誉；所得是俞先生因此受到批判的时候，我可以袖手旁观。

转而说课堂下的关系，那就多了。荦荦大者是读他的著作。点检书柜中的秦火之余，不算解放后的，还有《杂拌儿》《杂拌儿之二》《燕知草》《燕郊集》《读诗札记》《读词偶得》。前四种是零篇文章的集印，内容包括多方面。都算在一起，戴上旧时代的眼镜看，上，是直到治经兼考证；中，是阐释诗词；下，是直到写抒情小文兼谈宝、黛。确是杂，或说博；可是都深入，说得上能成一家之言。

就较早的阶段看，他是"五四"后的著名散文家，记得《桨声灯影里的秦淮河》还入了课本。散文的远源是明公安、竟陵以来的所谓小品，近源是"五四"以来的新文学。他尊苦雨斋为师，可是散文的风格与苦雨斋不同。苦雨斋平实冲淡，他曲折跳动，像是有意求奇求文。这一半是来于有才，一半是来于使才，如下面这段文章就表现得很清楚：

> 札记本无序，亦不应有，今有序何？盖欲致谢于南无君耳。以何因由欲谢南无邪？请看序，以下是。但勿看尤妙，故见上。
>
> ……
>
> 凡非绅士式，即不得体，我原说不要序的呢。我只"南无"着手谢这南无，因为他居然能够使我以后不必再做这些梦了。（《读诗札记》自序）

体属于白话，可是"作"的味道很重，"说"的味道不多。

与语体散文相比，我更喜欢他的文言作品。举三种为例。

一是连珠：

> 盖闻十步之内，必有芳草。千里之行，起于足下。是以临渊羡鱼，不如归而结网。
>
> 盖闻富则治易，贫则治难。是以凶年饥岁，下民

无畏死之心。饱食暖衣，君子有怀刑之惧。

......

盖闻思无不周，虽远必察。情有独钟，虽近犹迷。是以高山景行，人怀仰止之心。金阙银宫，或作溯洄之梦。

盖闻游子忘归，觉九天之尚隘。劳人反本，知寸心之已宽。是以单枕闲凭，有如此夜。千秋长想，不似当年。(《燕郊集·演连珠》)

二是诗：

纵有西山旧日青，也无车马去江亭（即陶然亭）。残阳不起凤城睡，冷苇萧骚风里听。(据抄件)

足不窥园易，迷方即是家。耳沉多慢客，眼暗误涂鸦。欹枕眠难稳，扶墙步履斜。童心犹十九，周甲过年华。(《丙辰病中作》，据手迹)

三是词：

莫把归迟诉断鸿，故园即在小桥东。暮天回合已重重。疲马生尘寒日里，乌篷扳橹月明中。又拼残岁

付春风。(《燕郊集·词课示例·浣溪沙八首和梦窗韵》，选其一)

　　匆匆梳裹匆匆洗，回廊半霎回眸里。灯火画堂云，隔帘芳酒温。沉冥西去月，不见花飞雪。风露湿闲阶，知谁寻燕钗。(同上《菩萨蛮》)

像这些，用古就真不愧于古，而且意境幽远，没有高才实学是办不到的。

　　那就由才和学再往下说。诗词之后是曲，他不只也通也谈，还会唱。说到此，要岔出一笔，先说他的夫人许莹环(名宝驯)。俞先生告诉我，许夫人比他年长四岁，那就是生于光绪乙未(二十一年，一八九六年)，二八年华是在清朝过的。人人都知道，装备起来的人是时代的产物，所以这位夫人也是长发纤足，标准的旧时代佳人。出身于钱塘许氏，清朝晚期著名的官宦之家。通旧学，能书能画，又循江南名门闺秀的通例，会唱昆曲，而且唱得很好。俞先生很喜爱昆曲，不只唱，而且为挽救、振兴出了不少力。俞先生和许夫人于民国六年(一九一七年)结婚，在昆曲方面更是情投意合。记得三十年代前期的一个夏天，我同二三友人游碧云寺，在水泉院看见俞先生、许夫人，还有两位，围坐在茶桌四周，唱昆曲。我外行，不懂好坏，但推想必是造诣很深的。可以用势利主义的办法来证明。一见于《燕郊集·癸酉年（一九三三年）南归日记》，十月一日唱《折柳》，吹笛的是俞振飞。另一见于北京市《文史资料选编》第十四辑，韩世昌说，俞先生等人组织谷音社，唱昆曲，以"俞平伯、许莹环夫妇的《情勾》《游殿》最精彩"。俞振飞肯吹笛伴奏，韩世昌评为最精彩，可见是绝非等闲的。许夫人还能写十三行一路的小楷，前几年俞先生曾影印自己的一些词作，名《古槐书屋词》，书写就出于许夫人之手。听说许夫人还能画，我没见过。

俞先生大概不能画，但字写得很好。我只见过楷书（或兼行），不像曲园老人的杂以隶，而是清一色的二王，肉娟秀而骨刚劲，大似姜白石。四十年代中期，我的朋友华粹深（名懿，宝熙长孙，戏剧家，已作古）与俞先生过从较密，其时俞先生住朝阳门内老君堂老宅，我托他带去一个折扇面，希望俞先生写，许夫人画，所谓夫妇合作。过些时候拿回，有字无画。据华君说，许夫人及其使女某都能画，出于使女者较胜，也许就是因此，真笔不愿，代笔不便，所以未着笔。也是这个时期，华君持来俞先生赠的手写五言长诗《遥夜闺思引》的影印本。诗长近五千言，前有骈体的长自序，说明作诗的缘由。其中如这样的话："仆也三生忆杳，一笑缘坚（悭），早堕泥犁，迟升兜率。

况乃冥鸿失路，海燕迷归。过槐屋之空阶，宁闻语屧；想荔亭之秋雨，定湿寒花。未删静志之篇，待续闲情之赋。此《遥夜闺思引》之所由作也。"（原无标点）我每次看到，就不由得想到庾子山和晏几道。

是四十年代后期，我受一出家友人之托，编一种研究佛学的月刊《世间解》，请师友支援，其中当然有俞先生。俞先生对于弟子，总是守"循循然善诱人"的古训，除了给一篇讲演记录之外，还写了一篇《谈宗教的精神》。这篇文章不长，但所见深而透，文笔还是他那散文一路，奇峭而有情趣。俞先生很少谈这方面的内容，所以知道他兼精此道的人已经很少了。

至此，我笔下的俞先生，好像是一位永远住在象牙之塔里的人物，其实不然。他是在"五四"精神的哺育下成长的，自然有时也就会情不自禁地走向十字街头。所以他间或也写这样的文章：

> 勇者自克；目今正是我们自克的机会。我主张先扫灭自己身上作寒作热的微菌，然后去驱逐室内的鼬鼠，门外的豺狼。已上床的痨病鬼不肯服药养病，反想出去游猎，志诚美矣，然我不信他能。我们应当在可能的范围内，觅得我们的当然。（《杂拌儿·雪耻与

御侮》）

这愤激的话出于忧国忧民，是否可行是另一回事，就用意说，会使我们想到陶渊明的"刑天舞干戚，猛志固常在"。

以下还得转回来说红学。与近些年相比，我上学时期的前后，红学还不能说是很兴旺。蔡元培校长的索隐派难于自圆其说，至少由旁观者看，是一战就败在胡博士的手下。胡博士既有神通又有机遇。先后得多有脂批的甲戌本和《四松堂集》，有了考证的资本，写文章，大致勾画了考证红学的范围。考，考，贾府与曹家的关系就越来越密切。故事所写是由荣华而没落，作者的本意自然就成为表禾黍之思。思原于爱。可是时风一变，说是反封建，反就不能原于爱。看法不同，新兴的办法是力大者批力小者。靶子最好是胡博士，可惜他走了，鞭长莫及，于是就找到俞先生。其后的种种，中年以上的人还记得，用不着说。单说俞先生，虽然法理上还容许争鸣，但识时务者为俊杰，也就不争了。《杂拌儿》式的文章不好写了，只好到诗词的桃花源里过半隐居生活，写《唐宋词选释》一类书。宝、黛呢，情意不能谈了，退而专治资料，编了一本《脂砚斋红楼梦辑评》，费力不小，对醉心于宝、黛本事的人很有用。间或也写点红文，重要的有《金陵十二钗》，相当长，我读一遍，感到与一般口号型的红文还是不一路。友人告诉我，前不久他往香港，又谈一次红学，可惜没见到文字，不知道是怎么谈的。他还作诗，我的老友玄翁曾抄来几首给我看。八十年代前期，许夫人先走了；不知他是否仍唱《折柳》《情勾》，连我也没有勇气问了。

六十年代末到七十年代初，他离开老君堂的被抄的家，也到干校；大概是为了生死与共，许夫人从行。日子怎么过的呢？可惜俞先生和许夫人都手懒，没有写杨绛那样的《干校六记》。不知，只好存疑。是七十年代后期吧，俞先生二老都到建国门外学部宿舍去住了，听说俞先生血压高，患轻度的半身不遂症，我去探问。应门的是许夫人。俞先生已经渐渐恢复，但走路还是不灵便。到八十年代，由于风向转变，俞先生由反面教材右迁为正面大专家，就有了住钓鱼台南沙沟高级公寓的特权。我曾去看他，显然是更衰老了，走路要手扶靠近的什么。我想到这会给他增加负担，所以很久就不再去。我的老友让公也住在那一带，近邻，有时过门而入，略坐，表示问候。不久前他告诉我，曾国藩写的"春在堂"横匾竟还在，已悬在客厅中。这使我想到咸、同之际，江南、北地，直到老君堂的古槐书屋和红卫兵，又禁不住产生一些哭笑不得的感慨。

琐琐碎碎谈了不少，对于这位老师，如果我大胆，能不能说一两句总而言之的话呢？说，总是先想到"才"。自然，如车的两轮，如果有才而无学，还是不能在阳关大道上奔驰的。但我总是觉得，俞先生，放在古今的人群中，是其学可及，其才难及。怎见得？为了偷懒，想请俞先生现身说法，只举一篇，是三十年代前期作的《〈牡丹亭〉赞》（收入上海古籍出版社 1983 年版《论诗词曲杂著》）。这篇怎么个好法，恕我这不才弟子说不上来，但可以说说印象，是如同读《庄子》的有些篇，总感到绝妙而莫名其妙。关于才，还想说一点点意思，是才如骏马，要有驰骋的场地；而场地，主要来于天时和地利，天地不作美，有才就难于尽其才。至少是我看，俞先生虽然著作等身，成就很大，还是未能尽其才。现在他老了，九十高龄，有憾也罢，无憾也罢，既然笔耕大片土地已经不适宜，那就颐养于春在之堂，作作诗，填填词，唱唱"则为你如花美眷，似水流年"吧。

老温德

　　这说的是一九二三年起来中国，在中国几所大学（主要是北京大学）教了六十多年书，最后死在中国、葬在中国的一个美国人，温特教授。温特是译音，我看过两篇介绍他的文章，都用这译音名，可是同我熟的一个海淀邮局的邮递员李君却叫他老温德。我觉得李君的称呼显得朴实，亲切，不像温特教授那样有场面气。后来听北大外文系的人说，系里人也都称他老温德。这中文名字还大有来头，是吴宓参照译音拟的，推想取义是有温良恭俭让之德。这会不会有道学气，比场面气更平庸？我想，在这种地方，还是以不深文周纳为是，所以还是决定称他老温德。老温德来中国，先在南京东南大学教书，两年后来北京，到清华大学教书。其后，抗战时期，随清华到昆明西南联大，胜利后回北京，直到解放后，一九五二年高等学校院系调整，因为他是教文学方面课的，所以划归北京大学。我三十年代初在北京大学上学，其时他在清华大学任教，我没听过他的课，直到七十年代初，不只同他没有一面之识，连他的名字也不知道。为什么想写他呢？是因为一九七一年春夏之际，我自干校改造放还，大部分时间住在北京大学朗润园（在校园东北部），他的住所在朗润园西端石桥以西，住得近，常常在湖滨的小路上相遇，有招手或点头之谊，又他的生活与常人不尽同，使我有时想到一些问题，或至少是他升天之后，看到人非物也非，不免有些怅惘，所以想说几句。

关于他，有大节，依中国的传统，排在首位的应该是"德"。他正直，热情，同情弱者，为朋友不惜两肋插刀。生活境界也高，热爱一切美和善的，包括中国的文化和多种生活方式，绘画、音乐等更不用说。其次是学识，他通晓英、法、德、西班牙、希腊、拉丁几种文字，对西方文学的各个方面都有深入的研究，开过多种课，都讲得好。再其次是多才与艺，比如游泳，据说他能仰卧在水面看书。所有这些，介绍他的文章都已经着重写了，也就可以不再说。

剩下可说的就只有我心目中的他，或者说，我的印象。我最初看见他，以一九七一年计，他生于一八八七年，其时已经是八十四岁。朗润园的布局是，一片陆地，上有宫殿式建筑，四外有形状各异、大小不等而连起来的湖水围着。湖以外，东部和北部，北京大学新建了几座职工宿舍楼；西部有个椭圆形小院，西端建了一排坐西向东的平房。湖滨都是通道。老温德住西部那个小院，我住东部的楼房，出门，沿湖滨走，路遇的机会就非常多。他总是骑自行车，不快，高高的个子，态度虽然郑重而显得和善。问别人，知道是教英语的温特，一个独身的美国老人。日子长了，关于他就所知渐多。他多年独身，同他一起住的是一对老而不很老的张姓夫妇，推想是找来做家务活的。夫妇居室，人之大伦，自然就不免生孩子，到我注意这个小院的时候，孩子大了，还不止一个，也都在一起住。院子不算小，春暖以后，直到秋末，满院都是花，推想是主人爱，张姓夫妇才这样经管的。饮食情况如何，没听说过，只听说这老人吃牛奶多，每天要五六瓶。还吃些很怪的东西，其中一种是糠，粮店不卖，要到乡下去找。我想，他的健壮，高寿，也许跟吃糠有关系，但吃的目的是健消化系统，还是补充什么营养，我不知道。

连续有十年以上吧，他，就我看见的说，没有什么大变化。还是常骑自行车在湖滨绕，可是回到他那个小院就关在屋里，因为我从院门外过，总要往里望望，看不见他。后来，是他跨过九十岁大关以后，生活有两种显著的变化。一种是不知为什么，在小院内的靠北部，学校给他修建了较为高大的北房，大概是三间吧，外罩水泥，新样式的。另一种是，仍然在湖滨绕，可是自行车换为轮椅，由张家的人推着。体力显然下降了，面容带一些颓唐。这一带住的人都感到，人不管怎样保养，终归战不过老；但都希望他能够活过百岁，也觉得他会活过百岁。后来，湖滨的路上看不见他了，到一九八一年初，实际活了九十九岁多一点，与马寅初先生一样，功亏一篑，未能给北京大学的校史增添珍奇的一笔，走了。

听邮递员李君说，老温德像是在美国也没有什么亲属，为什么竟至这样孤独呢？独身主义者？至少是早年并不这样，因为刘烜写的一篇传记（题目是《温特教授——记一位洋"北京人"》，见北京出版社1992年版《京华奇人录》）里有这样的话：

> 我注意到，闻一多（案：二十年代初在美国与老温德结识，成为好友，老温德来清华任教是他推荐的，他遭暗杀后，骨灰多年藏在老温德住所）书信中还说

过，温特教授"少年时很浪漫"。我们的视线一起扫过这几个字，好几次了，他从不作解释，也没有否认，我就不便追问了。

传记的另一个地方又说，还是在美国时候，不老的温德（而立与不惑之间），住屋的床上放一个大铁磬，他向闻一多介绍铁磬的用处是："夜里睡不着觉时，抱起磬，打着，听它的音乐。"我想这用的是佛家的办法，如唐人常建《题破山寺后禅院》尾联所说："万籁此俱寂，惟闻钟磬音。"这种磬音，粗说是能使心安，细说是能破情障的。如果竟是这样，这先则浪漫，继而以钟磬音求心安，终于一生不娶，心情的底里是什么情况呢？曾经沧海难为水吗？还是如弘一法师的看破红尘呢？不管是什么情况，可以推想，情方面的心的状态一定隐藏着某种复杂。

心里藏而不露的是隐私，也可以推想，任何人，或几乎任何人，都有，甚至不少。也许只是由于"己所不欲，勿施于人"，除了少数有调查癖的人以外，都视搜求或兼宣扬别人的隐私为败德。何况德在知的方面也还有要求，是"不知为不知"。所以对于老温德的生活，谈到"浪漫""独身"之类就宜于止步。但是这"之类"又使我想到一些问题，虽然经常不在表面，却分量更重，似乎也无妨谈谈。

说分量重，是因为一，更挂心，二，更难处理。古人说，饮食男女，这更挂心、更难处理的问题不是来自饮食，而是来自男女。与饮食相比，在男女方面，人受天命和社会的制约，求的动力更强烈，满足的可能，轻些说是渺茫，重些说是稀少以至于没有。显然，这结果就成为：饮食方面，如果有富厚为资本，盖棺之前，可以说一句"无憾"；男女方面，不管有什么资本，说一句"无憾"就太难了。有憾是苦，这来自人生的定命。有人想抗，其实是逃，如马祖、赵州之流，是否真就逃了，大概只有他们自己能知道吧？绝大多数人是忍，有苦，咽下去。老温德是用钟磬音来化，究竟化了多少呢？自然也只有他自己能知道。

一般人的常情是不逃，也不化，并且不说，藏在心里。这样，人的经历，其中少数写成史传，就应该是两种：一种是表现于外的，甚至写成文字的，自己以外的人能看见，或进一步，评价；一种是藏在心里的，不说，极少数脱胎换骨写成文字（如诗词和小说），总之还是非自己以外的人所能见。假定社会上马班多，人人都有史传，这史传也只能是前一种，"身史"，而不是后一种，"心史"。这心史，除自己动笔以外，大概没有别的办法。自己动笔，困难不在内（假定有动笔能力）而在外，这外包括社会礼俗和有关的人（也因为受礼俗制约）。能不能扔掉礼俗呢？这就会碰到变隐为显，应该不应该、利害如何等大问题。俟河之清，人寿几何，我们也就只能安于看看身史而不看心史了。

身史和心史，有没有一致的可能？大概没有。可以推想，以荣辱、苦乐的大项目为限，比如身史多荣，心史就未必是这样；身史多乐，心史就未必是这样。以剧场为喻，身史是前台的情况，心史是后台的情况，只有到后台，才能看到卸妆之后的本色。可惜我们买票看戏，不能到后台转转，也就只好不看本色而只看表演了。可见彻底了解一个人，或说全面了解一个人，并不容易；对于老温德，因为他的经历不同于常人，我就更有这样的感觉。

还是安于一知半解吧。他走了，虽然差一点点未满百岁，终归是得了稀有的高寿，以及许多人的尊敬和怀念。他多年独身，但他曾经浪漫，希望这浪漫不只给他留下苦，还给他留下甜蜜的记忆。他没有亲属，走了以后，书籍、衣物，也许还有那个铁磬，如何处理呢？我没有问什么人，只是从他那小院门外过的时候，总要向里望望。先是花圃零落了；继而西房像是无人住了；至多四五年吧，西房和北房都拆掉，小院成为一片废墟。人世就是这样易变，从小院门外过的年轻人不少，还有谁记得在里面住几十年的这位孤独的人吗？真是逝者如斯夫！

诗人南星

　　几年前写琐话，虽然只是篱下的闲谈，却也有些清规戒律，其中之一是不收健在的人。几年过去，外面开放的风越刮越猛，草上之风必偃，于是我想，如果笔一滑，触犯了这个清规戒律，也无妨随它去。因为有这也无妨的想法，于是想谈谈南星。拿起笔，忽然忆及十几年前，被动乡居面壁的时候，为消磨长日，写过一篇怀念他的文章。翻检旧书包，稿居然还在。看看，懒意顿生，也是想保存一点点情怀的旧迹，于是决定不另起炉灶。但后事如何又不能不下回分解，所以进一步决定，那一篇，一九七五年最热的中伏所写，照抄，然后加个下回分解的尾巴，以求能够凑合过去。

以下抄旧稿。

不见南星已经十几年了，日前一位老友从远方来信，里面提到他，表示深切的怀念之意。这使我不禁想起许多往事。

南星原名杜文成，因为写诗文永远不用原名，用南星或林栖，于是原名反而湮没不彰。我们最初认识是在通县师范。那是二十年代后期，我们都在那里上学。他在十三班；我在十二班，比他早半年。在那里几乎没有来往，但是印象却很清楚。他中等身材，清瘦，脸上总像有些疙瘩。动作轻快，说话敏捷，忽此忽彼，常常像是心不在焉的样子。对他印象清楚，还有个原因，是听人议论，他脾气有些古怪，衣服，饮食，功课，出路，这类事他都不在意，却喜欢写作，并且已经发表过诗和散文，而且正在同外边什么人合办一种文学刊物。我当时想，他的像是心不在焉，其实大概是傲慢，因为已经上升到文坛，对于埋头衣食的俗人，当然要不屑一顾了。

我的推测，后来才知道，其实并不对。——就在当时，也常常感到莫名其妙。他像是有些痴，但据说，聪明敏捷却超过一般人，例如很少温课，考试时候漫不经心，成绩却不比别人差。这样看，特别聪明像是确定的了，但也不尽然。有一次，九班毕业，欢送会上，代表十三班致欢送辞的，不知道为什么选上他了。十班，十一班，十二班，欢送辞都说完了，他匆匆忙忙走上台。面对会场站了很久，注视天花板，像是想致辞的开头，但终于说不出来。台下先是隐隐有笑声，继而变为大笑。笑了两三阵之后，他终于挤出半句，"九班毕业"，又呆住了，他显得很急，用力补上半句，"很好"，转身就走下去。又引起全场大笑。是没有腹稿呢，还是临时窘涩忘了呢？后来一直没问过他。总之，当时我觉得，这个人确是很古怪。

之后，恰巧，我和他都到北京大学上学了。他学英文，我学中文，不同班，也不同系。来往更少，但是还间断听到他的消息。他英文学得很好，能说能写，造诣特别深的是英国散文的研究。还是好写作，写了不少新诗，也写散文，翻译英国散文和小说，而且据说，在当时的文坛上已经有不小的名气。脾气还是古怪，结了婚，女方也是京北怀柔县城里人，人娇小，也很聪明，结婚之后才学英文，也说得相当流利。生个女儿，决定让孩子学英语，于是夫妻约定，家中谈话限定用英语。这使很多相识感到奇怪，也有些好笑。大学毕业以后，他到中学去教书，可是因为像是漫不经心，又同校当局少来往，总是任职不长。生活近乎旅行，兼以不会理家，经常很穷。

不记得怎么一来，我和他忽然交往起来。他常常搬家，那时候住在东城。房子相当好，室内的布置却很奇怪，例如日常用具，应该具备的常是残缺不全，用处不大的玩物却很不少。书也不多，据说常迁居难免遗失，有时候没钱用还零碎卖一些。女儿已经五六岁，果然是多半说英语。家中相互像是都很体贴，即使是命令，也往往用商量的口气。我的印象，这不像一般的人家，却很像话剧的一个场面，离实际太远。

交往渐多，更加证明我的判断并不错。他生活毫无计划，似乎也很少想到。读书，像是碰到什么就翻一翻，很快，一目十行，不久就扔开。写作也是这样，常是旁人找上门要稿子才拿笔，也很快，倚马千言。字却清朗，笔画坚实稍带些曲折，正是地道的诗人风格。我有时感到，他是有才而不善用其才，有一次就劝他，无论治学还是治生，都不宜于这种信天翁的态度。治学无计划，不进取，应该有成而竟无成，实在可惜。治生无计划，不进取，生活难于安定，甚至妻子不免冻馁之忧，实在可怕。他凝神听着，像是有些慨然，但仍和往常听旁人发表意见一样，只是毫不思索地随着赞叹，"是是是，对呀！"赞叹之后，像是又心不在焉了。说也奇怪，对于帮助旁人，他却热情而认真，常是做的比人希望的更多。自然，除了有关写作的事务之外，做得切合实际并且恰如其分的时候是比较少的。

对于一般所谓正事，他漫不经心；可是对于有些闲事，他却兴高采烈。例如喜欢游历就是这样，不管他正在忙什么，只要我去约他，他总是站起来就走。有一年，我们一起游了香山，又一起游了通县。在通县北城墙上晒太阳，看燃灯塔和西海子，温二十年前的旧梦，想起苏诗"人生看得几清明"，他也显得有些惆怅，像这样陷入沉思，在他是很少见的。

果然不出所料，他搬了几次家之后，生活无着，又须搬家了。新居已经找到，但是没有用具，问我怎么办。我帮他去买，到宣武门内旧木器铺去看。他毫无主见，还是我建议怎么办，他随着点头说，"是是是，对呀！"只有一次，他表示了意见，是先在一家看了一张床，转到另一家又看一张床，问过价钱之后，他忽然问店主："你这床比那一家的好得多，要价反而少，这是为什么？"问得店主一愣，显然是很诧异了。那时候旧货都不是言不二价，这样一问，当然难得成交了。离开以后，我说明不当赞美物美价廉的理由之后，他自怨自艾地说："我就是糊涂，以后决不再说话。"

迁入新居没有多久，在北京终于找不到职业，他决定往贵州。我曾劝他，如果只是为吃饭，无妨等一等看，这样仓促远走，万一事与愿违，那会得不偿失。但是他像是已经绝了望，或者对于新地方有幻想，终于去了。不久就来信说，住在花溪，水土不服，腹痛很厉害，夜里常常要捧腹跪坐，闭目思乡。这样大概有一年多吧，又不得不回北京了，自然又是囊橐一空。

后来找到个职业，教英文翻译，带着妻子搬到西郊，生活总算暂时安定了。我们离远了，兼以都忙，来往几乎断了。只是每年我的生日，正是严冬，他一定来，而且总是提着一包肉。难得一年一度的聚会，面对面吃晚饭。他不喝酒，吃完就匆匆辞去，清瘦的影子在黄昏中消失。这样连续有五六年，其后都自顾不暇，才渐渐断了消息。最后一次是妻去看牙，在医院遇见他，也是去看牙。妻回来说，在医院遇见南星，苍老多了，还是早先那样神魂不定的样子，在椅子上坐着候诊，一会儿去问问，"该我了吗?"急得护士说："你这个人，就是坐不住，该你自然叫你，急什么!"他问我好，说自己身体不好，越来越不成了。

这话当然是真的，近些年来，不要说他的诗文，就是信也见不到了。我有时想到他的文笔，词句清丽，情致缠绵，常常使人想到庾子山和晏几道。他的作品，零篇断简，也不算少，只是大部分散失了，我手头只有两三本诗集和一本散文《松堂集》。译文婉约流利，如《吉辛随笔》《呼啸山庄》等，我都爱读，可惜现在都找不到了。这使我很惋惜，有时候想到张华对陆机的评论，旁人患才少，陆机患才多。南星似乎也是患才多，或者说患诗情太多。诗情太多，以致世情太少，用俚俗的眼光看，应该建树的竟没有建树，至少是没有建树到应有的高度。例如与他同时的有些人就不然，能够看风色，衡轻重，多写多印，就给人一种大有成就的幻象。"文章千古事，得失寸心知"，乙夜青灯之下，偶然找出南星的小诗看看，情深意远，动人心魄，不禁就想起杜老的这两句诗来。

我常常想到他，但不敢自信能够完全理解他。有些人惯于从表面看他，冲动，孩气，近于不达时务。其实，南星之为南星，也许正在于此。我个人生于世俗，不脱世俗，虽然也有些幻想，知道诗情琴韵之价值，但是等于坐井中而梦想天上，实在是望道而未之见。南星则不然，而是生于世俗，不粘着于世俗，不只用笔写诗，而且用生活写诗，换句话说，是经常生活在诗境中。我有时想，如果以诗境为标准而衡量个个人之生，似乎有三种情况：一种是完全隔膜，不知，当然也不要；另一种，知道诗境之可贵，并有寻找的意愿；还有一种，是跳过旁观的知，径直到诗境中去生活。南星可以说是最后一种。我呢，至多只是前两种之间，每念及此，就兴起对南星的深切怀念。

以下写下回分解的尾巴。

由一九七五年之后写起。一九七六年夏唐山大地震，乡居的房子倒塌，我借了懒的光，在北京妻女的家里寄食，逃了一命。其后，乡以无下榻地的形势逐客，京以政策又变的形势纳客，我长安又见，重过写稿改稿的生活。许多久不通音问的相识又通音问了，于是转一两个弯，知道南星原来近在咫尺，他因为身体不很好，原单位请而坚决辞谢，回怀柔老家，悠然见北山去了。其时是一九七九年，又是中伏，我旧忆新情，中夜不能入睡，不免又是秀才人情纸半张，诌了两首歪诗，题为《己未伏夜简南星二首》：

其 一

诗书多为稻粱谋，惭愧元龙百尺楼。戏论几番歌塞马，熏风一夜喘吴牛。也曾乞米趋新友，未可传瓜忘故侯。后海晨昏前日事（曾同住北京后海北岸），不堪燕越又三秋。

其 二

一生能见几清明，久别吴娘暮雨声。岂有仙槎通月府，何妨鹤发住春城。青云兴去依莱妇，白堕香来曳老兵。安得秋风三五夜，与君对坐话归耕。

其后当然是抄清，贴四分邮票寄去。不久就换来连古拙的字也充满诗意的信。信末尾抓住"秋风三五夜"，敦促至时一定前往，不许食言。我没食言，而且连续几年，去了不止一次。同游怀柔水库，独饮什么什么老窖（南星是不饮酒的诗人），闲话今人昔人，香文臭文，等等，都可不在话下。住一两夜，回来，路上总是想，他住在小城之郊，柴门独院，抬头可以看墙下的长杨，低头可以看窗前的豆棚瓜架，长年与鸡兔同群，真可以说是归耕了；我呢，也"话归耕"，至于行，还是出门挤公交车，入门写可有可无的文章，在人生的路上，远远落在南星之后了，惭愧惭愧。

张守义

张守义先生是文学艺术界的名人，因装帧、插图有特殊成就而出名。我是久闻其名很晚才得识荆。其实说久也不很久，是八十年代早期，我报废十年之后，又为公家编书，并适应新风，业余甚至不业余，还搞点自留地。如人的下床活动，要外罩些西服领带、超短裙之类，书籍由印刷厂移到书商的摊或架子上，要有封面。不记得听谁说，设计封面，人民文学出版社的张守义很有几下子，已经成为这方面的名家。其后不久，广播学院的徐丹晖来，说美术馆有人民文学出版社的装帧展览，希望我随她去看看。我去了，看到不少精彩的黑白画，出于张守义，简单几笔，像是异想天开而神气活现，心里想，果然名下无虚士。徐丹晖的妹妹徐中益也在人民文学出版社美编室工作，与张守义是同事，所以徐丹晖同张守义也熟。据她说，张守义是个怪人，不吃饭，专靠喝啤酒活着。不知道只是凭印象还是也有调查研究的根据，一提起怪我就想到孤高，想到目空一切，因而再下行，就推断，像这样的人，艺高，值得接近，但一定难求，也就不得不敬而远之了。直到后来遇见徐中益，才知道靠啤酒活着的怪是因为胃有病，吃家常食物不能吸收；至于难求云云，也不是那么回事，其实人是很随和的。

既然如此，我就乐得拿出我的得揩油处且揩油主义，再有文字集成本本，就求他设计封面。他是特别精于为外国文学作品装帧插图的，我的拙作，既非外国又非文学，可是他也接受了，而且，至少我看，是勉为其难地交了稿。说勉为其难，是因为我求他设计封面的几种书，如《文言和白话》《禅外说禅》《诗词读写丛话》，都既无人物又无故事，就说是可以凭灵机、凭联想吧，看不清面容，抓不着辫子，如何灵、如何联呢？可是，除《禅外说禅》，我曾提供世尊拈花、迦叶微笑的些微线索以外，他都是借助于灵机一动，完成了任务。这灵机的成就方面的表现是，看到的人都觉得好，可是说不清为什么就好，问我与书的内容有什么联系，我说我也不知道。

是一九九二年的秋冬之际，迟迟其来的《诗词读写丛话》终于出版了，为了礼貌，也为了顺应以稀为贵的常情，想欣赏一下怪，我和这本书的责任编辑张君厚感，乘车到东郊张守义的住所去看他，名义是给他送书和稿费。爬上五楼，叩西面的一个小门。家中像是没有其他人，开门的当然只能是他。开门而人亮相，我一则以惊，一则以喜。惊是早已知其怪，却没料到会怪到这样子。如何形容呢？只好抄他的熟人霍达在一篇文章中所说："头发那么长、那么乱，脸色又似乎几十年未曾洗过，完全适用一个现成的词儿，'蓬头垢面'，和他的作品似乎一点儿也'不搭界'，不被人认为是流浪汉才怪呢！"这顶"流浪汉"的帽子加得妙，在我的眼里略加补充，不过是还透着和气和热情而已。再说喜，他是承德人，五十年代前期中央美术学院绘画系毕业，塞外的风景佳丽之地出生，造艺术家的大宅门里出身，兼从事艺术工作，这蓬头垢面就正可以表示他已经远于世俗，化于艺术。屋子很小，他很为难地表示请坐，因为不只没有坐处，是连立的锥地也没有。架子上，桌子上，不要说，都被乱书和杂物占满，就是仅有的一个沙发，两个椅子，上面也是堆满书籍杂物。不过无论如何，和气和热情还是产生了大力，于是他推的推，扔的扔，终于为我们二人挤出两个仅能容身的坐位。落座，一纵目就看见挂在北墙上又像画的两个大字，"酒仙"。于是由酒说起，问他一天喝多少，然后说正事，送书和稿酬，并表示感谢。他常是所答非所问，因为，我想，求答得体，他就要暂时由艺术世界逃出来，大概很不容易。说着，他忽然拿起一个空啤酒瓶，让我们在商标纸上签字，他说来访的都要这样签名留念，晚上揭下来保存，这就是他的日记。我们写，他像是很感动，说有印的他的画册，推想就是《张守义外国文学插图集》，应该送给我们。于是到书架上搜寻。但终于没找到，只好表示歉意，说什么时候找到再送。我们说五时以后汽车还有任务，不能多谈。他说下次最好不坐汽车，可以谈半天，喝啤酒。我们告辞出门，请他回去。没想到他坚持要送上汽车，说对于长者，必须这样。

他的流浪汉的丰采，以及希望长谈喝啤酒的恳切，别后我一直记着。可是因为杂事多，拖了两三个月，直到眼看就是年底，兼以我的另一本书的封面材料必须送给他的时候，我和张君厚感才又去他的住所。是下午三点左右，他屋里有客人，一对并无关系的青年男女。这一来就更没有坐处。主客似乎都有此感，于是客告辞，主赶紧找空啤酒瓶，请签名，然后说了些有关事务的话，才把那两位送走。有了上次的经验，我在路上早已同张君厚感打了招呼，是要抢先说我们的，办我们的，不然，恐怕拖到半夜我们也出不来。我们照已定的战略战术实行，继续那两位的签名，拿起还未退隐的空啤酒瓶，先签了名。然后拿出封面的参考材料，我的手稿和照片，请他看，问可用不可用。他注视了一下，忽然若有所悟，说客人来了，应该先泡茶。他走了，过不多久，居然找来一个瓷壶。又走了，想是去找茶叶。又不久，回来，托着的却是个小锦盒，打开，是一段半寸多长满身锈的铁丝蒺藜，说是前几年去德国，在纳粹集中营的周围捡的。一转身又拿来一个锦盒，里面是一块只有一节手指那样大小的石块，说是在柏林墙下拾的。然后他解说拾和存的意义，说，比如到歌德、海涅等的故居，在墙角，在阶前，碰到个石块，可以肯定，那位大作家一定脚踏过，甚至手触过，还有什么比这更值得纪念呢，所以他到处拾石块，记下来，珍藏着。就这样，他到德国一趟，游了许多地方，拾了大量的石块。回来，行李沉重，老伴以为必有贵重的东西，如金饰物之类，及至发现是一箱石头，险些同他离婚。老伴说的想来是一句玩笑话，因为过一会儿他又找画册，说应该送我们，还是"上穷碧落下黄泉，两处茫茫皆不见"，最后叹口气说，每天的时间，找东西要占去百分之三十，老伴到侄女家帮忙去了，如果在家就会好一些。总之，还是终于没有找到，同有些人一样，他也不得不接受"惯了一样"的生活哲学，说了一句

"以后再说吧"，改为干别的。这是去找茶叶。茶终于泡上，并倒了两杯，敬客。我们没有忘记战略战术，还是抓机会，往我的头像上扯。他直视我，忽然大声说："灵感来了，我要照真人画，然后照相片修改，效果会更好。"我想这一下可成了，于是正襟危坐，准备他画。不料他的灵感惯于远飞，一瞬间又飞到长白山的天池。这样的虔诚经历，上次他已经说过，这次仍然有兴致重述。为但丁的《神曲》设计封面和画插图，他两次登上长白山看天池。第一次是一九八四年七月，赶上阴雨大风，他的灵感使他看到《神曲》中的地狱。第二次是一九九二年七月，《神曲》中译本再版的时候，为了答谢天池和但丁的赐予，他带着刻在镇纸石上、锌版上的但丁头像，登上长白山。这一次赶上天朗气清，风景佳丽，他看见上空飘来一片白云，就感到是但丁的身影出现在天堂之门，并向他招手。他赶紧跪下，面向天池叩拜，然后立起，把镇纸石和锌版扔在天池里。他说这些，像是又回到天池，虔诚到把一切都扔到脑后，只有一件，不是因为记得，是因为照习惯，间或拿起啤酒瓶，瓶口对人口，一仰头，总有一茶杯吧，下咽，然后放下，接着说。万幸，说到但丁头像扔在天池里，他沉思，停了一会儿。我想，良机不可再失，于是提醒他，说我的头像，他的灵感，兼说到时间已经不早，等等。他像是大梦初醒，向我注视一下，说："就这样坐着，不动，坚持一会儿就成。"我照吩咐坐好，开始坚持，并以为不过三五分钟，没什么困难。于是等待，或者更多的是盼望吧，眼盯着他。以下是所见。他先找速写本，说就在沙发前的长木几上，可是由上到下，不知翻了多少层，多少遍，就是找不到，最后不得已，只好用一张白纸代替。接着找画笔，说要那支粗的，也是终于没有找到，幸而也碰到个替身，细的，说对付着用吧，于是搬来一个凳子，放在我对面，坐下。我再开始坚持，同时看他。他注视我面部，像是灵感又来了，举笔，正要往蒙在一本硬皮书上的纸上画，忽然大声说："呦！还得找眼镜。"我又一次放下坚持，等。幸而眼镜就在他背后的书架上，没费力就找到。其后我坚持，他画，总有五分钟吧，终于大功告成。我和张君厚感，怀着胜利的心情，向他告辞。他和上次一样，理由是对于长者，坚持要送到公共汽车站。我们抗不了，只好听之任之。就这样，一直走到长街之上，才互说谢谢，握手作别。

作别之后，这个怪人使我久久不忘，或者说，关于他的为人，我想得很多。想弄清楚的主要是，他究竟是怎样的一个人。显然，这就要透过外表，深探他的内心状况，或说精神世界。外表，他不修边幅，几乎一切都乱七八糟。思路不集中，想起什么是什么。总之，是没有处理家常事务的能力，至少是兴趣。可是同时，他并不糊涂，并不低能，即如我看到的他画的黑白画插图，堂吉诃德、懦夫、抢亲等，真是任何人都不能不拍案叫绝。这能力从哪里来？前面多次说到灵感，灵感也要有来源。我手头有一张他向天池跪拜的照片，俯身，两手捧头，简直是忏悔甚至痛哭的样子，我再看，一想就恍然大悟，原来他的怪只是不同于常，常人是生活在柴米油盐的世界里，他不然，是由深情热爱出发，生活在充满幻想的艺术世界里。因为通过幻想住在艺术世界里，所以对于家常事，包括书籍杂物等，他就视而不见；在旁观的常人的眼里，他就永远像是心不在焉。但他同时还有深情热爱，所以又舍不得现世的一切，大人物，如歌德、海涅，小事物，如一花一草，他也希望都能永生。总括地说，他是想一反孔老夫子之叹，希望川水不流，人间也就不会有逝者。可是事实是"逝者如斯夫"，怎么办？万不得已，他才拾石块，想在许多石块上寄托幻想，挽住历史。欧阳文忠公词有云，"人生自是有情痴"，我想张守义的为人，就应该说是"情痴"，"怪"只是表面现象。

情痴，痴有等级之分，张守义的等级最高，成为宗教的虔诚。这好不好？评价要有标准，标准难定，好不好也就难说。可以说说的是难不难。据我所知，是很难，即如忘掉家常的柴米油盐，举头望见《神曲》的天堂和地狱，除了来自天命以外，还有什么办法？那么，就可以说是得天独厚吗？推想他老伴就未必这样看。那就退一步，不问厚薄，只承认为稀有吧。我是常人，对于稀有，常常是虽不能而怀有敬意。说起不能，又不免感慨万端。比如宗教感情，我多次谈到，为心安理得的稳固基础，可是我还是偏袒怀疑，无力走向信仰。又如深情热爱，我也不是没有，可是又常常想到现实以及佛道的空无，其结果就成为进退维谷。这自然也是天之所命，不过天道远，人道迩，我，作为人，与张守义的作为人相对，就不能不感到近于世俗；暗说几声"惭愧"了。

结尾的高风

钱锺书先生走了，启行之前，对于世俗所谓治丧，他表示了意见，是不举行任何仪式，不收礼，不劳亲属以外的人送，不留骨灰（当然也就不再有起坟立碑之事）。这样的遗言，我无缘耳闻，是借目之力在报上看到的。霎时间的反应是，《红楼梦》十二支曲的末尾一句涌上心头，这是："好一似食尽鸟投林，落了片白茫茫大地真干净！"真干净，意思是"高"（《高士传》的高）。何以誉为高？是想到不少人，为了悼词中的褒语化轻为重，硬是赖在太平间里不走，则"白茫茫""真干净"，岂不是如鲲化为鹏，"抟扶摇而上者九万里"乎？

"高"是刹那间的感触，感触也会有理据，也就无妨多

225

唠叨几句。钱先生是才高八斗、学富五车的人，对于身后是非，他是怎么想的，我不能确知，这里只好说我是怎么想的。我昔年涂涂抹抹，谈过这方面的问题，主旨是推重放得开。这可以表现在诸多方面，姑且算作举例，只说两种。其一，我们常说人生问题，是因为有了生，才有饮食男女，也就才有求而得不得的种种问题。人死如灯灭，不再有生，也就不再有求而得不得的问题。换句话说，人世间的一切问题是活人的，人一死就不再有问题。由这样的认识推论，治丧，优先考虑的就应该是活人的利益（包括方便）。如此考虑，比如昔日，金丝楠木就应该做家具，给活人用，不应该制成棺椁，埋入地下；今日，豪华外衣、进口手表之类，也是以留给生者，不推入火化炉为是。其二，很多人是人过留名、雁过留声的信徒，而名者，实之宾也，何为实？中国传统说是立德、立功或立言，显然都不容易。实不易而名难舍，于是想办法，就成为多种可无的花样，大至于建什么堂，小至于由有论定之权的人写一篇悼词八股，说由出生就有大志，一生做了很多可歌可泣的大事，总之有大成就云云。大大大，好话说尽，可惜是听到的生者未必信，死者却欲耳食而不可能了。假定可能，会有什么好处吗？也未可一概而论，比如死者也是人过留名派，可是想望的却是入隐逸传，而时风八股里没有隐逸，于是见于悼词，就成为忠于今上万岁万岁万万岁，岂不煞风景乎？所以最高明的应付之道是学习钱先生，"四不"，世俗的浮名想来搅扰也就不得其门而入了。

对于身后名的态度，有不少人是趋，钱先生是避，这不同，可否说是来于迷与悟的大别？趋是迷，没有问题；至于避之可否算作悟，那要看悟指的是哪一种心态。佛门最推崇悟，悟指确信万法皆空因而得证涅槃。道家呢，《列子·杨朱》篇的一段话大概可以算：

> 然而万物齐生齐死，齐贤齐愚，齐贵齐贱。十年亦死，百年亦死，仁圣亦死，凶愚亦死。生则尧舜，死则腐骨；生则桀纣，死则腐骨，腐骨一矣，孰知其异？

这是认为人世间的任何经历直到是非高下的评论都无所谓，钱先生写《写在人生边上》，写《围城》，显然是承认有是非高下的。

其实，也就是因为承认有是非高下，写人生的大文章，结尾一笔才来个"四不"。心态呢？由我这旁观的人看，是西汉杨王孙一路，世人皆厚葬，愤世嫉俗，不惜矫枉过正，所以偏偏裸葬。同理，世人皆为所谓哀荣奋斗，钱先生就偏偏来个"白茫茫大地真干净"。

或曰，钱先生是货真价实地有大成就，则结尾一笔，加重写哀，加重写荣，正是理所当然。甚至还可以加说些后话，比如还有起坟立碑之事，千百年后，红颜白首学人，读过《管锥编》等大作，"路有经由""以斗酒只鸡过相沃酹"，不也是颇有意义的事吗？

这样的意义是为后来者着想。钱先生的"四不"也有意义，是杨王孙式的，反世俗之所为。化为实行，两种意义顶了牛，"以斗争为纲"，如何处理才合情合理？事实是只能听钱先生的，因为，假定容许进言，你说他成就过大，近应该哀荣，远应该供后来者瞻仰，他必不接受。不能实现的事，不想它也罢。但已成为现实的事却是无妨想想的，这是"四不"的遗命照办，可以让上上下下、大大小小为哀荣而奋斗的人，已得的，有可能知惭愧，将得未得的，有可能降点温。知惭愧，降点温，至少是有志入隐逸传的人可以少听几次悼词八股，也可以算是大功德了吧？

名家散文

鲁迅：直面惨淡的人生

萧红：我的血液里没有屈服

胡适：天下没有白费的努力

季羡林：微苦中实有甜美在

许地山：爱我于离别之后

何其芳：紧握着每一个新鲜的早晨

叶圣陶：藕与莼菜

孙犁：人生最好萍水相逢

茅盾：斗争的生活使你干练

琦君：粽子里的乡愁

郁达夫：夜行者的哀歌

苏青：我茫然剩留在寂寞大地上

徐志摩：我有的只是爱

林海音：唯有寂寞才自由

庐隐：我追寻完整的生命

汪曾祺：如云如水，水流云在

丰子恺：我情愿做老儿童

陆文夫：吃也是一种艺术

朱自清：热闹是它们的，我什么也没有

宗璞：云在青天

老舍：有朋友的地方就是好地方

余光中：前尘隔海，古屋不再

冰心：繁星闪烁着

王蒙：生活万岁，青春万岁

废名：想象的雨不湿人

张晓风：年年岁岁岁岁年年

沈从文：每一只船总要有个码头

冯骥才：生活就是创造每一天

梁实秋：烟火百味过生活

肖复兴：聪明是一张漂亮的糖纸

林徽因：你是人间的四月天

梁晓声：过小百姓的生活

巴金：灯光是不会灭的

赵丽宏：闪烁在旷野里的微光

戴望舒：我的心神是在更远的地方

王旭烽：等花落下来

梁遇春：吻着人生的火

叶兆言：万事翻覆如浮云

张中行：临渊而不羡鱼

鲍尔吉·原野：为世上的美准备足够的眼泪